Heldere hemel

Heldere hemel is een uitgave van
de Stichting Collectieve Propaganda
van het Nederlandse Boek ter
gelegenheid van de Boekenweek 2012
en werd geproduceerd door
Uitgeverij Prometheus.
Ook de Vlaamse boekverkoper
biedt *Heldere hemel*, ter gelegenheid
van de Literaire Lente 2012, aan.

Tom Lanoye
Heldere hemel

Novelle

Stichting Collectieve
Propaganda van het
Nederlandse Boek

'Hier' houdt nooit meer op.
'Hier' is voor altijd.

Ivanov tot Platonov in *De Russen!*

/

Mijn man, mijn huis, mijn eer, mijn kroost — wat meer
Wil zij van mij? Mijn lijf, misschien? Zodat
Ze me kan villen en als mantel dragen?

Medea over Kreousa in *Mamma Medea*

Thuis,
met de hoorn aan het oor,
en in bed

'Hallo, met Vera? In godsnaam, Walter. Ik schrik me te pletter. Besef je wel hoe laat het is? Wat scheelt er — jij bleef toch slapen op kantoor? Ik versta er niets van, er is te veel lawaai bij jou, en je lijkt nog dronken ook. Waar in godsnaam zit je? Wat? Zeg dat nog eens! *(gaat rechtop zitten)* Wat!'

Aan een parachute,
in het Poolse luchtruim,
en in ongenade

Van kindsbeen af had Andrej maar één droom gehad. Vliegen. Hij sportte niet voor de lol, hij sportte om een lijf te kweken dat paste bij piloten. Uithoudingsvermogen stond voorop. Pompen, tot hij door zijn magere armen zakte. Rennen, tot hij moest overgeven van de pijn in zijn zij. En elke ochtend: zwemmen. Baantjes trekken als voorbereiding op het vliegen. Zijn ogen waren altijd roodomrand, alsof ze ontstoken waren door wat hij zag om zich heen en waaraan hij, koste wat het kost, wilde ontsnappen. Omhoog, omhoog, omhoog.

Zijn tengere lijf, dat hij bij het licht van een knijpkat inspecteerde in de badkamerspiegel, sterkte amper aan. Het leek voorbestemd voor longziektes. Andrej herkende dat stempel maar al te goed. Hij had het leren lezen in de blikken van onverbeterlijke kuchers, ouderwetse teringlijders en bezitters van een permanente klaplong. Hij had het tot volle bloei zien komen op de marmerbleke voorhoofden van de rokers die hun kankers kwamen uitbroeden in zijn geboortestreek. Zelfs hun laatste adem stonk naar kozakkentabak. Plattelandskinderen kenden alle soorten kevers, Andrej kende alle soorten longaandoeningen. Hij woonde op de Krim. Die droge, zonnige parel van de Oekraïne, verloren gelegd in de Zwarte Zee. Dat fabelachtige schiereiland met zijn verrassend mediterrane stranden, bekroond met hotelpaleizen van vóór de Oktoberrevolutie. Pompeuze gezondheidsmausolea uit de Russische belle époque, thans voor de ene helft bouwvallig, voor de andere helft verbouwd in een verkeerde stijl.

Van heinde en verre kwamen ze aangezet, de aanstaande karkassen, zoals ze dat al eeuwenlang deden, eerst met paard en kar, later met de trein, nu per Wolga of Trabant. Katholieken hadden Lourdes, apparatsjiks hadden Jalta. Allemaal op zoek naar hetzelfde. De illusie van genezing, of toch een paar maanden blessuretijd, alsook — wie weet — een laatste wanhopige liefde in het voorportaal van het Grote Crematorium. Desnoods in de armen van een andere hoester.

Andrej haatte ze. De vrijpostigheid van stervenden kent geen schaamte. Ze streelden ongevraagd over zijn gezonde jonge hoofd, even weemoedig als verwijtend. Ze knepen in zijn wang alsof ze er het bloed uit wilden persen. Hen ontlopen kon hij niet. Zijn moeder verzorgde ze, in het Sanatorium Voor Het Volk waar ze inwoonden, en waar zijn vader de muren schilderde en het sanitair repareerde. Als er verf en buizen beschikbaar waren, tenminste. Veel zag hij zijn vader niet werken. Zijn moeder des te meer.

Hij besloot van zijn zwakte zijn sterkte te maken. Hij leerde zijn adem langer in te houden dan iedereen die hij kende. Eindelijk een weddenschap die hij altijd won. Die verrekte kleine Andrej! 'Hou je adem nog eens in?' Een melancholisch joch met een makkelijk te raden geheim. Liep hij van school naar het sanatorium toe, of omgekeerd, dan speurde hij de hemel af met zijn roodomrande ogen, op zoek naar condensatiestrepen, achtergelaten door net verdwenen straalvliegtuigen. Hun wattige dubbelspoor loste zich verbredend op in het uitspansel. Twee evenwijdige scheuten melk op een vers aquarel, een azuurblauw monochroom, getiteld *Stille oceaan*. Andrej bleef ernaar turen tot alleen het blauw weer heerste, nederig makend en verdrukkend. Dit was hem nu. De hemel. Klaar om alles te omarmen, op te slokken, liefdevol te verdrinken. Alles behalve hem.

Soms verstarde zijn omhoog gekeerde gezichtje alsnog in een glimlach. Als hij de verre flikkering opving van een weerkaatsende zonnestraal op de romp van een Toepolev of — een zeldzaamheid — de vleugel van een Soechoj. Hij bezat een knipselmap met de populairste vaderlandse modellen, jaarlijks door de *Pravda* in geuren en kleuren bezongen na de traditionele troepenschouw. Geheime en buitenlandse modellen kende hij van horen zeggen. Onder de patiënten van zijn moeder bevonden zich dwangmatige vertellers, voormalige soldaten, die de aanwezigheid van een kind naast hun bed beloonden met het verslag van alle kennis die ze in hun bestaan hadden verzameld en die ze hees en hortend doorgaven, op de valreep. Voor het eerst in hun leven babbelden ze honderduit zonder angst voor verklikking of represailles. Er waren er die, eenmaal aan de praat, uit zichzelf overschakelden van jachtvliegtuigen naar tanks en afweergeschut, en niet veel later naar de vrouwen die ze hadden verlaten voor nog ergere vrouwen.

Na zulke zonneflikkering bleef de kleine Andrej nog langer hemelwaarts turen dan tijdens het trage vuurwerk van de condensatiestrepen. Hij hield zijn adem weer minutenlang in, en hoopte ingespannen op een zweem van ver gebrom, gevolgd door naderend gedaver, en daarna de geluidsbarrière die met een knal sneuvelde, ergens diep in de oceaan die boven hem hing.

Hij had er een moord voor begaan.

Vliegen, vliegen, vliegen.

En nu hing hij hier. Weliswaar hoog boven de grond, maar langzaam vallend, gezapig neerstortend aan een belachelijk opzichtige parachute die hem in het ijle deed rondwentelen als een verdwaalde bloempluis, weerloos, nutteloos. Hij had nog een paar minuten voor hij weer in contact zou komen met de Poolse bodem waarvan hij amper een kwartier geleden was opgestegen. In de veertig, veteraan van twee oorlogen, drie keer gedecoreerd, maar nooit getrouwd geraakt. Tot het elitekorps van de Rode Luchtmacht had hij het wel geschopt.

Aan dat voorrecht kwam vandaag allicht een einde. Hij had nochtans alle voorschriften gevolgd, geen enkele van de reflexen onderdrukt die er bij de opleiding waren ingepompt en die hem eerder het leven hadden gered, onder vuur in Angola en in Afghanistan. Ook nu had hij zonder aarzelen de knop van zijn schietstoel ingedrukt. Wat viel hem te verwijten?

Behalve dat hij dit keer niet onder vuur had gelegen. En dat de motoren van zijn MiG-23, vlak nadat hijzelf was weggekatapulteerd, miraculeus ophielden met sputteren. Zodat zijn dure kist de neus weer oprichtte en bulderend wegschoot, terug naar hogere regionen, op volautomatische piloot en tegen achthonderd kilometer per uur. Voorlopig zou hij, Andrej Volkonski, het enige zijn wat, opgestegen van de luchtmachtbasis in Kolberg, vervroegd weer naar beneden kwam. In het noorden van Polen, vlak bij de Baltische Zee, meer dan tweeduizend kilometer verwijderd van de kust waar hij was opgegroeid. De Unie van Socialistische Sovjetrepublieken, zo hadden al zijn leraren op school onderwezen, vormde het grootste imperium dat de wereld ooit had gekend. 'Als je tenminste Dzjengis Khan niet meetelt.'

De teleurstelling onder de leerlingen was telkens kolossaal. De leraren losten het op door Dzjengis Khan 'de eerste Rus' te noemen. 'Hij was in álles een voorloper van Vadertje Stalin,' grijnsde er zelfs een, die vaak naar wodka en altijd naar zweet rook. Hij doceerde geschiedenis. Op een mooie dag was hij verdwenen. Nooit meer wat van gehoord.

Vallen, vallen, vallen.

De ochtendzon leek dichterbij te staan dan ooit. Spottend en fel. Evengoed begonnen de hoogtekou en de briesende wind door Andrejs vliegenierspak te snijden. Hij hoorde zijn adem tekeergaan in zijn vlieghelm. In de diepzee boven hem was zijn kist al uit het zicht verdwenen. In de uitgestrektheid onder hem wachtte een heuvelachtige vlakte, schaars begroeid, met hier en daar een miniatuurhuis, alle met een dunne tentakel verbonden aan één dikkere: de hoofdweg, die achter de gekromde einder in het niets verdween. Twee minuscule vrachtwagens kropen voorzichtig naar dat gekromde niets, achter elkaar aan. Neerkomen op dit terrein zou geen probleem mogen vormen.

Zijn demarche verantwoorden werd een ander verhaal. Hij zou het nu aan den lijve mogen ondervinden, wat al dat gepraat waard was over glasnost en perestrojka, 'openheid' en 'verbouwing'. De nieuwe leider die daar al dik drie jaar de mond vol van had, was ook een getekende. Hij had een wijnvlek op zijn kalende schedel. Michail Gorbatsjov, zoon van een eenvoudige monteur uit de Kaukasus, verder op en top een partijproduct. Ondanks zijn voorkomen van gemoedelijke boekhouder — treurige ogen, vroegwit haar, onafscheidelijke das — bezat de Getekende genoeg moed om het Kremlin openlijk aan te sporen tot hervormingen, broodnodig om straks aan de jaren negentig te beginnen. De ineenstorting van de economie, voelbaar voor iedereen, zelfs binnen de nomenklatoera, werkte in zijn voordeel. Hoe lang nog? Geruchten wilden dat de tanks weer klaarstonden, zoals indertijd in Boedapest en Praag, waar het socialisme met het menselijke gelaat en de nachtelijke relletjes waren geëindigd in zuiveringen en verhoogde censuur. In Boedapest werden duizenden gearresteerd en honderden geëxecuteerd.

Voorlopig leek Gorbatsjov de Getekende het gevecht te winnen. Dat was, moest Andrej toegeven, tegen zijn verwachtingen. Hij kende het Rode Leger — hij had weinig anders gekend en had nergens anders gediend. Maar er was iets veranderd sinds Afghanistan. Alexander de Grote was daar gestrand, het koloniale Engeland had er zijn tanden op stukgebeten, en wat waren zij er ooit gaan zoeken, in dat slachthuis van de geschiedenis? Ze hadden die achterlijke barbaren willen helpen, hen willen bevrijden uit hun Middeleeuwen. Maar ze hadden enkel zichzelf laten leegbloeden. Tien jaar wreedheid, tien jaar zinloze verspilling, van materieel én mankracht. Hij had een foto gezien van een officier die hij nog kende van de militaire school. De arme kerel was tot het middel ingegraven. Alles wat boven de grond uit stak hadden ze gevild. De stukken huid hadden ze in zijn mond gepropt, samen met zijn lid, tot hij erin was gestikt. Zo gingen ze nu te werk, de dierbare bondgenoten van de Britten en de Yankees, die zelfverklaarde kampioenen van de rechten van de mens.

Een wereldrijk mocht nog zo machtig lijken, bedacht Andrej — de vrachtwagens en de wegen onder hem werden snel groter — altijd kwam er een moment dat het zich vertilde. Dat gebeurde nooit meteen. De rot groeide zachtjes, van binnenuit. Opeens kantelde de hele façade achterover. Pas dan durfde iedereen tegen iedereen te zeggen: 'Ik had het wel zien aankomen.' Hij merkte dat bij zichzelf. Hij had ook zijn bedenkingen bij de evolutie hier in Polen, de laatste maanden. Maar hij had zich geen enkele keer gemengd in de scheldpartijen van zijn ijzervretende kameraden in de mess der officieren, zoals hij dat vroeger wel zou hebben gedaan, ze luidkeels bijvallend, zelfs opjuttend. Hij had het nieuwe Russische zwijgen ontdekt. Niet dat van de angst. Dat van de bittere gêne.

De toon van de driftkoppen in de mess was almaar heftiger geworden tijdens de betogingen en wilde stakingen, die nota bene waren aangezwengeld door een vakbond, en die waren uitgelopen op verkiezingen waarover de *Pravda* schreef dat ze werden gefinancierd door de Amerikaanse geheime dienst. Ze bestonden nog, andere gedecoreerde kameraden dan hij, die na een fles Żubrówka met over-slaande stem dreigden dat ze zouden opstijgen met hun MiG, nu onmiddellijk, om eigenhandig die scheepswerf in Gdańsk te bombarderen, met vakbond en al. 'Is dit de dank die we krijgen van die Poolse hoerenzonen, nadat we ze hebben verlost van de nazizwijnen? Het Pact van Warschau is getekend in hun hoofdstad, de Navo bedreigt ons dag en nacht — en wat doen zij? Ze steken ons een mes in de rug. Waar zouden die klootzakken staan zonder ons bloed, het offer van onze vrouwen, de dood van onze miljoenen?' Andrej had niets geantwoord. Net als de meesten aan de bar. Uiteindelijk was er niemand opgestegen om wat dan ook te bombarderen.

Zou de Getekende ooit zijn wijnvlek hebben laten be-handelen, vroeg Andrej zich af — de grond kwam nu snel dichterbij, toch nog beangstigend ruw. Hij corrigeerde zijn koers met de stuurlijnen, weg van een gevaarlijk ogend bosje. Of gebruikte de Getekende zijn geboortevlek juist als ereteken, als bewijs van zijn bijzondere roeping? Ook in het aloude stadje Kolberg, vlak bij de luchtmachtbasis, be-vonden zich antieke sanatoria en badhuizen, al moesten die het niet hebben van droge lucht of mediterrane zon. De Kolbergers legden zich al eeuwen toe op modderbaden en huidziekten.

Andrej had er nooit gebruik van gemaakt, van hun rust-gevende, zwavelhoudende modderbaden, ook niet uit nieuwsgierigheid, en daar voelde hij plots hevige spijt om. Vermengd met die spijt dook de gedachte op aan zijn moe-der, al vele jaren weduwe en gestopt met het verplegen van haar toekomstige doden. Dankzij zijn relaties bij de leger- en partijtop had hij weten te bewerkstelligen dat ze mocht blijven wonen in het Sanatorium Voor Het Volk, waar ze nu zelf werd verzorgd door haar opvolgsters. Ze was altijd zo trots geweest op haar Andrej. Onafgebroken aan het werk, zo herinnerde hij zich haar. In die lange zonnige zomers, die hem nu opeens zo zorgeloos leken, zo vreugdevol en leerzaam, en vervuld van een hoop waar nooit een einde aan kon komen. Zomers waarin hij weddenschappen had gewonnen, alleen maar door zijn adem in te houden. Terwijl zijn vader, in een ligstoel voor patiënten, onder een rieten hoed een dutje deed, en er alweer een bus arriveerde uit het verre Leningrad.

Vallen, vallen, vallen.

Alvorens hij de verraderlijk rotsachtige bodem raakte en zijn rechterbeen brak, was dit de laatste gedachte van Andrej Volkonski, Sovjetheld op zijn retour. Hij wierp zijn laatste blik als elitepiloot op de diepzee boven hem, waarin zijn lege toestel zonder één spoor was verdwenen, en hij bad huiverend in de ochtendzon: laat Moedertje Aarde vandaag haar onmetelijkheid bewijzen. Ze bezit bewegende duinen aan deze Baltische kust en een binnenland vol velden en bossen. In het noorden liggen gletsjers en fjorden, in het zuiden savannes en woestijnen, in het oosten steppes en nog meer woestijnen. Er zijn ook Dolomieten en Karpaten, Alpen en Apennijnen. Daartussen liggen meren en zeeën, waar geen sterveling woonachtig is. Zeventig procent van het aardoppervlak bestaat sowieso uit water.

Dus nee, het kan niet. Dat mijn kist zou neerstorten op een stad. Het is uitgesloten dat ook maar één onschuldig mens het leven laat vanwege een domme fout van mijn onderhoudsploeg of — wie weet, dan toch — van mij.

Het kan niet. Daar is de wereld te groot voor en God te machtig.

Hij, of minstens Zijn kansberekening.

Thuis,
in Kooigem bij Kortrijk,
en in shock

Het is mijn huis, dacht Vera Van Dyck. En niemand neemt het van me af. Ze had zojuist het slotenmakersteam binnengelaten en rondgeleid. Ze was rijzig, blond, bezitster van hoge jukbeenderen en loensende ogen, en van beroep copywriter bij het Brusselse filiaal van een Angelsaksisch reclamebedrijf.

Geen van beide slotenmakers, in rode overall en met de naam van hun bedrijf op de rug ('t Sleutelkotje/Harelbeke), stelde haar een vraag. Wie sloten vervangt voor de kost weet hoe de vork in de steel zit na een telefonische oproep, zo vroeg in de ochtend. Zeker als de vrouw des huizes je opwacht in haar eentje. Na het aanhoren van haar opdracht ('Vervang ze. Allemaal!') wierpen ze elkaar een veelbetekenende blik toe en begonnen ze aan de klus. Ongegeneerd geeuwend en aan hun kruis krabbend, alsof zij hier al meer thuis waren dan Vera.

Hun meewarige blik was haar niet ontgaan. Zo zou ze dus voortaan te boek staan. Verlaten vrouw, wraakzuchtige ex. Het zij zo. Alles was beter dan weerloze sloof. Halfzes was het geweest toen Walter haar had gebeld. Beschonken en in tranen, met op de achtergrond cafégeluiden en de onverstaanbare smeekbedes van een meisje van wie hij meldde dat ze Carla heette, een kennis was van hun zoon, en al een vol jaar de liefde van zijn leven.

De dronkemansbekentenis van haar man, directeur van een landmetersbureau, had Vera getroffen als een donderslag uit het niets. Ze bood hem amper twee minuten weerwerk, dat erop neerkwam dat hij zich nooit meer hoefde te vertonen, waarna ze de hoorn dichtgooide en terstond weer van de haak legde om meer bekentenissen of gerinkel onmogelijk te maken. Ze was tot in het diepst van haar wezen ontredderd en gebrand op wraak. Meer dan een jaar had hij tegen haar gelogen — en nu was hij degene die snotterde?

Behalve op hem was ze kwaad op zichzelf. Hoe kon het dat ze deze klap niet had zien aankomen? Ze had zich in slaap laten sussen door hun jarenlange, deugddoende, huwelijkse vanzelfsprekendheid. Haar hoogste goed, had ze steeds gedacht. Na vandaag kwam er allicht een einde aan. Zou ze er ooit nog op mogen rekenen? Ze kon zich niet voorstellen het leven van alledag te moeten delen met iemand anders dan Walter. Hun achteloze naaktheid in de badkamer na het opstaan, dat eerste praatje over niemendal, de kus na het ontbijt, de maaltijd 's avonds, en dan nog even lepeltje lepeltje bij het slapengaan, voordat ze elk hun eigen kant van het bed opzochten. Ruzie maakten ze zelden — en meestal, als Vera eerlijk was, na een uitval van haar. De seks was al jaren zo goed als opgehouden. Daar had ze zich nooit zorgen om gemaakt. Seks mocht dan een oerkracht zijn die, getuige menige biografie, kon leiden tot de gruwelijkste misdaden en ontwrichtingen, en geen kerk of humanistische moraal had de wellust ooit afdoend weten te kanaliseren — toch was er één natuurkracht sterker. Intimiteit. Ongemerkt, stukje bij beetje, sloopte die van binnenuit iedere vorm van begeerte. Op het einde hield je, in het beste geval, twee kameraden over in plaats van twee geliefden.

Zelfs die kameraadschap had Walter nu aan diggelen geslagen door zijn herontdekte wellust te gaan botvieren op deze overjaarse bakvis, deze 'Carla', die natuurlijk te vereerd en te onnozel was om te beseffen dat zijn keuze voor haar geen kwestie was van passie, maar een revolte tegen de sleur. De mannelijke menopauze. Nog zo'n oerkracht waar geen kruid tegen gewassen is. Ook dat leert de biografie van menig sportheld en beeldend kunstenaar.

Tenzij, bedacht Vera met een nieuwe schok, Walters val voor deze 'Carla' niets met sleur van doen had. Misschien was zijn liefde voor haar domweg groter. Misschien had hij nu pas het ware leven ontdekt. Met een meisje dat naar hem opkeek zoals geen volwassen vrouw ooit zou doen. Zo gaat dat met de jeugd. Die kent maar twee houdingen tegenover de rijpere leeftijd. Overspannen dedain of overspannen respect.

'En het slot van de garage, madam'tje?'

De jongste van de twee slotenmakers keek haar aan. Een Marokkaan met gel in zijn haar en een grijnslach om zijn mond. Hij sprak met een zwaar West-Vlaams accent, zoals zij dat nooit zou verwerven. Zeker nu niet meer. Dat was het enige voordeel aan deze affaire. Ze kon deze uithoek eindelijk verlaten. Kooigem, what's in a name? Maar het huis bleef van haar. Al moest ze er een reeks processen om voeren die hen allebei zou ruïneren, ze zou Walter treffen waar ze hem het meest pijn kon doen. Nooit zou hij nog zijn bakstenen trots betreden. 'Allemaal, had ik gezegd!' beet ze de jongen toe. Ze schrok van haar eigen felheid.

De jongen antwoordde met een grijns die zijn gebit ontblootte, plus een deel van zijn blauwige tandvlees. 'Geen probleem, madam'tje. Rustig, rustig.' Hij draaide zich hoofdschuddend om, nog net niet hardop lachend.

Zij maakte zich beschaamd uit de voeten, om zich in de huiskamer een whisky in te schenken.

Ze koos de duurste van de flessen uit. Zijn flessen. Zijn hobby. Het was tien jaar geleden dat ze zelf nog single malt had geprobeerd. Ze verafschuwde de fletse barbecuegeur, de zerpe smaak en de ziekelijke urinekleur, maar ze wilde genieten van haar walg. Ook haar lichaam had recht op pijn. Ze nam een slok en voelde met wrang genoegen hoe het bocht zich een weg boorde naar haar maag. Haar ogen traanden er een beetje van. Mijn enige tranen, nam ze zich voor. Voor mij geen gesnotter. Ten minste toch vandaag.

De kracht van haar vergeldingsdrang verraste haar. Maar had ze er ook geen recht op? Zij had hier nooit willen komen wonen. Ze was een geboren stadsmens, al was ze dan afkomstig uit Doorslaar bij Lokeren, een gehucht amper groter dan dit Gouden Kooigem. Ze had altijd willen ontsnappen aan het platteland dat Walter na zijn studententijd zo was gaan idealiseren. Waarom, dat had ze nooit begrepen. Misschien had het te maken met dat landmeten van hem. Walter werd al onrustig als er te veel loodsen of kantoorcomplexen zijn uitzicht blokkeerden. Van wolkenkrabbers werd hij helemaal neurotisch.

Bij landschappen hier in de buurt kon hij dan weer staan wegdromen alsof hij de perfecte zonsondergang bestudeerde vanaf een tropisch koraalstrand. Vera niet. Eén oogopslag volstond. De panorama's in dit deel van Europa vielen hooguit pittoresk te noemen. Zo plat als een dissectietafel en volgestouwd met koeien, maïsvelden, prikkeldraad, hoogspanningsmasten en hier en daar een bakstenen huis. Allemaal slordig neergeploft langs een troosteloze asfaltweg. Wie hield er nu van de Vlaamse lintbebouwing? Het woord alleen al deed haar denken aan een lintworm. Die is ook langgerekt en kleurloos, met een voorspelbaar leven in vochtige somberte, zonder al te veel zon.

Zij had altijd gedroomd van een bestaan in bruisende metropolen — Madrid, Barcelona, minstens Brussel — al toen ze nog op school zat in Sint-Niklaas en ze daags na haar allereerste betoging haar eigen gezicht zag prijken op de voorpagina van *Het Vrije Waasland*. Opduikend uit de massa: zij, arm in arm met haar twee boezemvriendinnen. Alle drie even uitgelaten, even knap en net achttien. Nooit voelde ze zich méér een wereldburger dan in de paar jaren die volgden. De hoogtijdagen waarin ze haar Walter leerde kennen. Ze waren allebei tuk op zotternij, en het was een gouden periode om gek in te zijn. Gek en jong.

Het oproer van mei '68 was in Vlaanderen een paar maanden eerder van start gegaan dan in de rest van de wereld. De inzet was niet de proletarische of seksuele revolutie, maar de splitsing van de tweetalige universiteit van Leuven/Louvain. Niet alleen Leuven zelf, álle steden waren in rep en roer. De Belgische regering wankelde, de Rijkswacht maakte overuren, de pers zag haar omzet stijgen en het buitenland kon er geen wijs uit worden. *The New York Times* omschreef de Taalstrijd in het verre koninkrijk als 'oplaaiende stammentwisten'.

'Leuven Vlaams! Leuven Vlaams!' Ook zij had het gescandeerd tijdens die eerste betoging van haar, stampvoetend en in haar handen blazend tegen de januarikou. Ze werd vergezeld door tientallen medescholieren van Onze-Lieve-Vrouw-Presentatie, allemaal laatstejaars die spijbelden met de oogluikende toestemming van de Vlaamsgezinde nonnen en dito lekendirectie, om zich bij de menigte te kunnen voegen die al te hoop was gelopen op de Grote Markt. Vera, inderhaast weggevlucht uit de les Latijn, droeg haar lichtblauwe uniformschort nog onder haar overjas. Ook uit de jongensscholen kwamen groepen spijbelaars aanzetten, wat de stemming in hun segment van de manifestatie — de staart, uiteraard — nog giecheliger maakte.

Vooraan liepen rijen grimmige trommelaars en vlaggendragers. Toch groeide de manifestatie meer uit tot een feestelijke optocht dan tot een dreigend vertoon van dadendrang. Er waren maar twee opstootjes. De grootste bank, de Société Générale — symbool en sterkhouder van het Belgische establishment — werd onder luid gejoel met eieren bekogeld. Een paar gewone en een paar gevuld met verf. Op het stationsplein wees iemand naar een hotel met een parking waar je ongezien uit je auto kon stappen.

Volgens kwade tongen was het een rendez-voushuis ten behoeve van de overspelige bourgeois die hun fortuin verdienden in de lokale breigoedhandel. Het etablissement droeg een navenant frivole naam. Hôtel de Flandre.

Opnieuw was het gejoel niet van de lucht. 'Leuven Vlaams! Leuven Vlaams!' En weer spatten er eieren uiteen op een gevel in de hoofdstad van het Waasland. Tot ieders jolijt opende zich plots een van de ramen. Een toerist met een krulsnor keek met open mond en grote ogen naar de terugkijkende massa onder zijn raam. Hij werd net niet getroffen door een nieuwe eierkanonnade. Kort daarop viel de Belgische regering, werd de Leuvense universiteit gesplitst en werd spijbelen weer bestraft. De Société Générale herdoopte zich tot Generale Bank. Hôtel de Flandre tot Vlaand'rens Gasthof.

Vera was er onlangs nog eens voorbijgereden, op weg naar een kapitaalkrachtige klant. Het etablissement was voor de tweede keer in twintig jaar van naam veranderd. Het heette nu Hotel New Flanders. Je kon op de parking nog altijd ongezien uitstappen.

Zou Walter het hebben gepresteerd, vroeg Vera zich af, zich een tweede fikse whisky inschenkend, om dat meisje mee te voeren naar zo'n liefdesnest? Natuurlijk niet. Dat was niet nodig. 'Carla' had de leeftijd van hun Peter. Ze was dus vast ook student en woonde op kamers, net als hij.

Zou ook haar moeder haar alleen nog in het weekend te zien krijgen? Peter dook de ene helft van het weekend de kroeg in en zat de andere helft gitaar te spelen op zolder. Zijn moeder zag hij alleen nog op vrijdagavond, als hij zijn vuile wasgoed aan haar gaf. Zou dat bij 'Carla' ook zo gaan? Vera moest er niet aan denken dat er ergens een andere vrouw bestond, ongetwijfeld van haar leeftijd, die de lakens waste die dochterlief had bevuild met Walter. Niet dat Vera zulke lakens liever zelf had gewassen. Maar het idee dat ze moesten bestaan kwetste haar dieper dan ze wilde erkennen.

De herinnering aan hun eigen studententijd, en aan hoezeer zij en Walter toen hun lakens hadden bevuild, wreef zout in de kwetsuur. Eén keer, toen ze high en stomdronken de liefde hadden bedreven tijdens haar menstruatie, en ze zich eerst ook anaal had laten nemen — op haar eigen verzoek — hadden ze de lakens na afloop moeten weggooien. Er zaten ook scheuren in. Het waren de wilde jaren. Ze hadden niet eens een bed. Een matras op de grond volstond. Maar zodra ze wakker waren speelde hun leven zich af in hogere sferen. Als door een windhoos werden ze opgetild en meegezogen, drie jaar lang. Ze namen deel aan sit-ins met wildvreemden, debatten met beroemde studentenleiders, fabrieksbezettingen met echte arbeiders en wilde feesten met iedereen die zich aanbood, en dat in alle West-Europese metropolen. Toen kon je nog liften, en zwartrijden in de trein. Ze kenden in Parijs de beste croissanterieën, in Amsterdam de weinige bruine kroegen zonder laatste ronde, in West-Berlijn de hotste kraakpanden, waar avant-gardegroepen muziek maakten zonder melodie of samenhangende tekst, met op de achtergrond projecties van vloeistofdia's, extra wazig vanwege de dichte sigarettenrook, waarmee zich steevast ook de geur mengde van weed en wierookstokjes. Politieke pamfletten werden gestencild en vertoonden, behalve voor 'het siesteem', ook minachting voor grammatica, spelling en interpunctie. Alles had met alles te maken.

Vera was later nooit ten prooi gevallen aan de gemakzuchtige kritiek op dat memorabele tijdsgewricht. Er was zoveel gebeurd, op zo veel terreinen, dat elk eenduidig oordeel per definitie tekortschoot. Haar aandeel was schamel geweest, maar ze besefte goed wat zijzelf in die periode had opgestoken en aangedurfd, en hoezeer dat haar, op de keper beschouwd, had gevormd. Ze had nergens spijt van. Het lag sowieso niet in haar aard om te spuwen in bronnen waaruit ze had gedronken. En mijn God, ze hád gedronken. Uit iedere bron die zich aandiende. Ze had geëxperimenteerd met de vrijheid van alles wat ze kende.

Maar nog voor ze allebei hun diploma haalden, werd ze onbedoeld zwanger. Ze was geschokt. Twee dagen zag en sprak ze niemand. Tot haar verbazing echter bleek haar kinderwens sterker dan haar verlangen om ongebonden te blijven dankzij een abortus. Ook de vage schaamte die ze tot haar ergernis voelde, smolt weg. Ze zou heus niet de eerste zijn die al tijdens haar studie moeder werd. Toen ze Walter haar besluit meedeelde, was hij ontroerd. Hij kuste letterlijk haar handen.

Bij hem sloeg na zijn eerste klussen als beëdigd landmeter een andere passie toe. Die voor de boerenbuiten. Ze bleek even hevig als hun beider liefde voor de inmiddels geboren Peter. Voor Vera het goed en wel besefte, liet ze zich zelfs door Walter ompraten om — dankzij een erfdeel dat haar in de schoot was gevallen — op het platteland een stuk grond te kopen waarop ze hun eigen huis zouden bouwen. Hun studentenkamers waren überhaupt te klein geworden. Ze hadden behoefte aan een solide nest waar hun zoon in alle rust zou kunnen opgroeien, omgeven door landelijk groen en met een deugdelijk gemeenteschooltje om de hoek. Zonder de samenlevingsproblemen en de gevaren die men in een grote stad toch altijd ondervindt. Als hun Peter de geneugten van metropolen wilde ontdekken, kon hij dat later nog altijd doen, op eigen houtje. Hij zou daar dan zelfs beter op voorbereid zijn. Je basis moet goed zitten, daarna kan de mens alles aan. Daarvan waren Walter en zij wel het beste bewijs.

Had je haar dat parcours twee jaar eerder voorspeld, dan zou de toen kinderloze Vera je hebben uitgelachen en uitgemaakt voor kwezel of bourgeois. Nu haalde ze haar schouders op. Met vertedering haar mooie Peter zogend accepteerde ze dat ze niet langer een spring-in-'t-veld was. Ze tekende zonder spijt of melancholie dat koopcontract. Er was een tijd voor alles, en de tijd van liften en zwartrijden was voorbij. En haar Walter was werkelijk dolenthousiast over de kavel die hij had gevonden. Dottignies lag op een steenworp afstand. Een stukje exotisme in eigen land: twee straten verder en je moest al de weg vragen in het Frans. Nog twintig kilometer verder en je stond te winkelen in het echte buitenland — de binnenstad van Rijsel, kroonjuweel van noordelijk Frankrijk.

Het perceel bezat nog meer troeven. Raad eens? Walter glunderde. Ze zouden een fermette bouwen. Een modern hoevetje. Op de fundamenten van de boerderij die daar nu nog stond. Sterker: ze zouden dezelfde bakstenen gebruiken! De sloop van de boerderij begon volgende maand, de bouw van de fermette de maand daarna. Hij had zelfs een extra lading Boomse baksteen op de kop getikt, van weer een andere boerderij, gesloopt in Beveren, want hij wilde een extra verdieping, een speelzolder, voor als er gezinsuitbreiding kwam. En kijk eens? Hij ontrolde zijn bouwplannen. Vera en hij zouden geen doordeweekse fermette neerpoten zoals al die anderen deden — een kruising tussen plompe villa en hoekige nieuwbouwkitsch, een amper verbeterde bungalow. No way. Zij waren hun rebelse veren nog niet helemaal kwijt. Kijk! Hij tikte met zijn wijsvinger op de plannen. Hun fermette werd een haciënda. Een hoevetje met Moorse zuiltjes en hoefijzervormige ramen, een smeedijzeren sierhek en een cirkelvormige oprit, zodat je bij regen met je auto kon stoppen voor de overkoepelde deur, en zonder manoeuvreren weer weg kon rijden, terug de landelijke straat op. Finishing touch? Her en der een Iberische siertegel tegen de muur, om de Boomse baksteen daaromheen nog beter tot zijn recht te laten komen, in al zijn donkere glorie.

Dat Vera lang en zwijgzaam naar zijn plannen staarde, begreep Walter als verblufte instemming. Hij kuste opnieuw haar handen en zij durfde nu zeker niet meer tegen te sputteren. Ze had nochtans een hard hoofd in de combinatie van Vlaamse lintbebouwing en haciënda's. Maar ach, dacht ze, Petertje aan haar andere borst leggend — het ventje knorde, tevreden smekkend met zijn varkensroze, natte mondje, hij hield zijn oogjes stijf dichtgeknepen en zijn vuistjes ook, zijn gezichtje was zacht en gerimpeld, een piepjonge bejaarde, een aandoenlijke puppy — ach wat, het wordt tenminste een echt nieuw huis en geen opgelapte hofstee. Modern comfort en goed geïsoleerd. Alleen jammer dat het zo ver van Brussel ligt.

Zo nam het bouwen van een Moorse fermette in Kooigem een aanvang. En zo begon, in een haciënda met een cirkelvormige oprit, het langzame slopen, stukje bij beetje, van het bastion van hun begeerte. Een gezinsuitbreiding kwam er niet meer van.

De voordeur viel achter de slotenmakers dicht, in het nieuwe slot, en met een klap die klonk als een verdict. Dat was het dan, dacht Vera, de glanzende sleutelbos bekijkend die de oudste van de twee haar in de handen had gedrukt — opnieuw met een meewarige blik, ditmaal op haar glas, dat ze al voor de derde keer had bijgevuld. Ze had nog steeds geen traan gelaten.

Ze had opluchting verwacht bij het zien van de nieuwe sleutels, maar ze voelde onverminderde pijn. Voor het eerst sinds Walters bekentenis voelde ze zich zelfs beschaamd. Ze had zichzelf altijd gezien als een vrouw die, in welke omstandigheid ook, haar sangfroid en haar waardigheid zou weten te bewaren. Wat een overmoed. Niemand weet hoe hij zal reageren wanneer hem de dood wordt aangezegd, of wanneer de liefde van zijn leven hem ontvalt. De een wordt gek, de ander lacht, de derde gaat winkelen. De enige waarheid ligt in het moment, en haar moment was ontreddering. Ze liet de nieuwe sleutelbos rinkelen. Wat een kleinzielige revanche. Walter was het misschien waard, zo'n sanctie. Zijzelf niet. Zij had klasse. Ze moest hem terugbellen en zich verontschuldigen. Waar zat hij eigenlijk? Ze moesten zich verzoenen en zich gedragen als volwassenen.

Toen rinkelde de deurbel en stond ze meteen weer te stomen van de haat.

Haar Peter kon het niet zijn. Die bleef na het rockfestival van Werchter een paar dagen uitwaaien bij vrienden. Het was Walter die aanbelde. Ze wist het, ze voelde het. Hij was hierheen geraasd, nog dronken en wel, omdat ze de telefoon niet meer had opgenomen.

Het zal geen kleine verrassing zijn geweest, grijnsde ze voldaan, dat zijn sleutel niet meer paste. Ze zag hem in gedachten staan, voor de overkoepelde deur, sakkerend, morrelend aan het slot, ten langen leste toch maar aanbellend. Jammer dat ze zijn gezicht niet kon zien. Even overwoog ze om hem gewoon te laten bellen. Maar het was sterker dan zijzelf. Ze beende naar de voordeur, vast van plan om hem, met gekruiste armen in het deurgat, haar deurgat, de volle laag te geven.

Ze rukte de deur open en stond oog in oog met een blond meisje van voor in de twintig. Haar gezichtje getuigde van een voorname schoonheid, ongenaakbaar op het engelachtige af. Ze loenste een beetje, zoals Vera zelf, en ze straalde iets uit wat je zelden ziet bij vrouwen van die leeftijd — iets rijps, iets ingetogens.

Maar ze had ook lange benen en een prominente boezem. En een mond met lippen die gezwollen leken, als na lang kussen. Dit moest 'Carla' zijn.

Ze was in tranen. Zij wel.

De situation room, in Casteau bij Mons/Bergen, en in crisis

'We moeten wachten tot we zekerheid hebben over de koers van het toestel.' De spoedvergadering was nog maar net begonnen, of Chief of Staff Clark Rogers had al ruzie met de twee medewerkers die hem waren opgedrongen door Washington. De ene een Democraat, de andere een Republikein, allebei even scrupuleloos als het erom ging hun carrière een stap vooruit te helpen. Te weten: terugkeren naar Washington en zijn vetpotten van de lobbyisten-industrie.

De Republikein was een mormoon uit Texas, de Demo-craat een jood uit New York. Geen van beiden had oorlogs-ervaring en geen van beiden had ooit een crisis als deze meegemaakt. Hun besluitvaardigheid leed er niet onder. De Republikein had net voorgesteld om het vijandelijke toestel neer te halen met een Patriot-raket, zodra het zich boven westers grondgebied bevond. De Democraat verzette zich fel. Hij verkoos een Hawk-raket. De Rus zou, met de grens tussen de beide Duitslanden in zicht, vast naar een lagere luchtlaag duiken, en dan waren Hawks effectiever. Daar be-stonden rapporten over, na dure tests op Kreta.

De Republikein antwoordde dat Hawks, net als de meeste Democraten, nog nooit waren getest in de hitte van een echt gevecht. Daar bestonden ook rapporten over. De Patriot scoorde zestig procent in actual combat.

'Wat doen we met de resterende veertig procent?' lachte de Democraat — met zijn handen theatraal in de lucht, en met zijn blik steun zoekend bij Chief of Staff Rogers.

'Dan lanceren we een tweede Patriot,' schokschouderde de Republikein, 'dan hebben we honderdtwintig procent zekerheid.'

'Zullen we ineens een kernraket afvuren?' riep de Democraat, weer met zijn handen in de lucht. 'Dan hebben we duizend procent zekerheid op een Derde Wereldoorlog.'

'We weten niet eens of dat toestel bewapend is,' suste stafchef Rogers. Alle mogelijkheden moesten nu nog open blijven. Die twee ratten wisten dat, en toch gingen ze door met hem te sarren, tegen elkaar opbiedend. Lang leve de particratie. 'We weten niet eens welk type vliegtuig het is. We weten niets.'

'Dat is ons niet ontgaan,' zei de Republikein, een aantekening makend, 'en het zal ook het Witte Huis niet ontgaan.' De Democraat, zag Rogers, begon eveneens aantekeningen te maken, voor zíjn clan in het Congres. Dat beloofde wat voor straks, als het stof weer was gaan liggen. De definitie van Modern Times? Er werd meer energie verspild aan het controleren van beslissingen dan aan het nemen ervan. En de controles zelf hadden niets te maken met de feiten, maar alles met de draai die men eraan kon geven in de arena van pers en politiek. Als de wereld ooit ten onder ging, zou het zijn aan spin en achterklap.

Of aan een uitslaande kernoorlog. Dat kon ook nog altijd. Waarom niet vandaag? Het is met oorlog zoals met verliefdheden. Je kunt niet kiezen wanneer ze je overvallen.

Op een groot scherm aan de muur kroop een wit miniatuurvliegtuigje traag maar onvermoeibaar voort, bliepend, van rechts naar links over een rudimentaire weergave van het Europese continent. Een worm die zich over de aardkorst van een appel heen zwoegt, met de wanstaltige beweging van alle larven en maden. Ineenkrimpend en zich weer uitstrekkend, schoksgewijs vorderend. En vooral: buiten alle gangbare routes. Zo stevende deze gevleugelde worm af op de vette rode lijn die liep tussen Oost en West, Verknechting en Vrijheid, Communisme en Kapitaal. Bliep-

bliep. Ter hoogte van Dannenberg, zo voorspelden alle computers, zou de worm die lijn overschrijden. Nooit eerder gebeurd, in veertig jaar Koude Oorlog. Bliep-bliep.

De prognose van zijn koers daarna werd verbeeld door een sproeiregen van gele stippellijnen, elk eindigend in een mogelijk doelwit. Bonn, als hoofdstad van West-Duitsland. Düsseldorf en Keulen, als economische navels van het Ruhrgebied. Rotterdam en Antwerpen, als wereldhavens. Maar een terrorist met ambitie zou het meest wegdromen bij Brussel, zetel van de Navo. Of bij dit gehucht, Casteau bij Bergen. Zetel van de Shape, Supreme Headquarters of the Allied Powers in Europe — het militaire commandocentrum van de Navo.

Als het al om een aanslag ging. Chief of Staff Rogers had zijn twijfels. Dit vliegpatroon — open en bloot naar de grens toe, op een hoogte van enkele duizenden meters — wees niet op een aanvaller. Tenzij die erop rekende dat hij voor ontoerekeningsvatbaar zou worden versleten en aldus een listige doorgang verkreeg naar het hart van de vijand. Een vliegend Paard van Troje, met een vastberaden Odysseus aan de stuurknuppel. Zouden zulke gekken bestaan? Rogers doofde zijn Marlboro. Er bestonden meer gekken dan anderen. En eentje was genoeg.

Dit wachten maakte in elk geval hém gek. Waar bleef zijn Supreme Commander? Ook het bliepen van de gevleugelde worm werkte hem danig op de zenuwen. Het klonk even hardnekkig en irritant als de cardiomonitor op de intensive care waar hij twee jaar geleden afscheid had moeten nemen van zijn vader.

Vlak voor de fatale hartaderbreuk had pa Rogers hem nog maar eens berispt om deze ambtenarenbaan in een uithoek van de wereld. Een soldaat, had pa Rogers gezegd — nee: gefezeld, maar zangerig als altijd — een soldaat hoort niet thuis achter een bureau. En nog minder aan vergadertafels met mensen die niets afweten van soldaten. Een zoon van mij, had hij gefezeld — de hand van Rogers drukkend, voor het laatst, verzwakt, maar toch met de innigheid van trotse verwekker — een zoon van mij is geen vergadermietje. Ik ken jou, jongen! Jij bent niet gelukkig ginds. Of all places: Belgium? Geef het maar toe! Hij grijnsde. Jij bent ongelukkig! Een uur later was hij dood. Met een glimlach op zijn koude lippen, in een buitenwijk van Chicago. De stad waar zíjn vader als slaaf naartoe was gevlucht, en waar hij zelf een zoon had opgevoed die de landing in Normandië had overleefd. Dat feit had pa Rogers altijd gevierd en geprezen. Dat zijn zoon later de eerste zwarte stafchef werd in de geschiedenis van de Navo, had hij, in weerwil van zijn trots, nooit begrepen en zelden verder verteld. Wie wil er nu stafchef worden?

Vaders. Vaders en hun ondoorgrondelijke prioriteiten, tot in de dood.

De overste van Clark Rogers, Supreme Allied Commander John Van Buren, generaal met vier sterren, was onderweg uit Brussel, waar hij tegen alle adviezen in een residentie bewoonde in de binnenstad. Een prachtig pand met uitzicht op de vijvers van Elsene. Een puike stek voor kapitaalkrachtige bejaarden, maar een ramp voor wie tijdens het spitsuur onverwachts naar zijn werk moet om een wereldramp te voorkomen.

Rogers stak een nieuwe sigaret op. Zijn vijfde. Zijn secretaresse, zijn steun en toeverlaat, zijn Daisy, was te gespannen om hem, zoals ze anders zou doen, met rollende ogen te verstaan te geven dat hij niet de enige aanwezige was in deze situation room, waar goede ventilatie het had moeten afleggen tegen high security. Eind jaren zeventig was generaal Haig, een voorganger van Van Buren, bij het oversteken van een brug hier vlakbij het slachtoffer geworden van een bomaanslag. Haig bleef ongedeerd, drie bodyguards in de auto achter hem raakten verminkt. De aanslag werd opgeëist door de Rote Armee Fraktion, maar de schuld lag bij koppige ezel Haig. Die nam, tegen alle reglementen in, elke dag dezelfde route, voorspelbaar als de dagelijkse plensbui in een regenwoud. Ook na de aanslag bleef Haig dezelfde route nemen. Tot ongerustheid van zijn nieuwe bodyguards. Tot hun opluchting werd hij kort daarop naar Washington geroepen, als nieuwe minister van Buitenlandse Zaken onder president Reagan.

In het Europa dat hij achterliet werd de beveiliging hysterisch opgedreven, na nog meer aanslagen van de Rote Armee Fraktion in Duitsland, van de Brigate Rosse in Italië en van de Cellules Communistes Combattantes in België. Vanuit Nederland verspreidde zich als een virus het massale protest tegen nieuwe westerse kernwapens. De antirakettenbetogingen werden toegejuicht en volgens de CIA in het geheim gefinancierd door het Oostblok. De spanning steeg. De vrees groeide dat de Koude Oorlog niet beperkt zou blijven tot brandhaarden aan de rand van het wereldgebeuren. Het Oude Continent was zelf aan de beurt. In één ding hadden die hordes betogers natuurlijk gelijk, vond Rogers. Waar wapens zijn, wordt ooit wel eens geschoten. En wapens waren er. Aan weerskanten. Tanks en raketten en kanonnen, ontelbaarder dan korenschoven op Bijbelse velden. Honderden projectielen met conventionele, nucleaire of chemische lading konden in een vloek en een zucht worden gelanceerd vanuit de lucht, vanuit ondergrondse bases en vanaf onderzeeërs. Het was wachten op een vonk in het kruitmagazijn. Het Versleten Continent? Armageddon in de wachtkamer!

De situation room in Casteau belandde na spoedverbouwingen nog dieper onder de grond dan voorheen. Dat mysterieuze Russische vliegtuig mocht straks in de barre werkelijkheid neerstorten op hun gepantserde en met beton beveiligde hoofden, met God weet welke lading — zíj zouden het overleven. Hij en zijn Daisy, de Democraat en de Republikein, plus het kruim van het verzamelde personeel. In tegenstelling tot de rest van het personeel, alsook iedereen in een straal van tientallen kilometers. Dus ook de school in Watermael-Bosvoorde waar de beide kinderen van Daisy op dit moment hun les opdreunden. 'Nog tien minuten,' sneerde de Republikein, opkijkend naar het scherm. 'Negen minuten en vijfenveertig seconden,' corrigeerde de Democraat. Zonder opkijken.

Ze waren allebei nog lang niet uitgeschreven.

Rogers zweeg, althans tegen hen. Hij overlegde via diverse telefoons, in afwachting van de komst van zijn Commander. Zonder hem deed Rogers niets. Hij kende zijn rol. Chief of Staff? Rommel opruimen, klappen opvangen, dollen met mollen uit Washington. Net als Van Buren had hij nog maar een paar jaar te gaan voor zijn pensioen. Het enige wat hij nog hoopte te bewerkstelligen was dat de sfeer in Wacht-kamer Europa niet nog meer verhitte. Dat hij daartoe nu en dan het boetekleed moest aantrekken? Dat hij na vandaag misschien zelfs alle schuld op zich zou moeten nemen? Daar had hij vrede mee. Iemand moest het doen. En hij had iets te bewijzen. Zijn gelijk. Aan een dode vader.

Maar laat de ellende in godsnaam snel afgelopen zijn, dacht hij, tersluiks de Republikein en de Democraat be-spiedend, met wrevel en compassie. Wat wisten zij, wat kenden zij, behalve rapporten en tabellen? Hij had Korea meegemaakt als sergeant, Vietnam als kapitein. Hij had gra-naten gegooid naar hutten waarin zich volgens intelligence vijandelijke strijders schuilhielden. Achteraf bleken het boerinnen te zijn, en hun borelingen. Rogers wist hoe het voelde als je dat met je eigen ogen constateerde. Hij wist hoe het voelde als je 's avonds desondanks in je rapport schreef: 'Dozijn Vietcongs. Geneutraliseerd.'

Hij wist ook hoe het voelde als je 's anderendaags, op patrouille langs de rijstvelden, een jonge rekruut voor je uit zag slenteren, zijn wapen nonchalant over de beide schouders — aan elke kant één hand erover, als een boer met zijn riek. Je roept hem toe dat hij waakzamer moet zijn. Hij kijkt lachend om, met zijn jonge vranke smoel, en hij trapt op een mijn. Zo'n rotding dat eerst opwipt.

Hij lag daarna urenlang te roepen en te smeken om een genadeschot. Het rijstveld naast hem kleurde langzaam rood. Maar twee verdekt opgestelde spleetogen namen iedereen in het vizier die hem te hulp wilde snellen. Totdat zijn roepen stopte. Daarna schoten de spleetogen zijn lijk helemaal aan stukken. Dit waren ze nu. De hooggestemde bondgenoten van het Rode Werkmansparadijs. De herauten van de Maakbare Mens.

Teruggekeerd na de val van Saigon hield Rogers op met denken in termen van winst en verlies. Niet zomaar. Na een langzaam proces. Een innerlijke worsteling van een jaar of twee. Niemand zag het hem aan, tenzij misschien zijn vader. ('Jij hebt een nieuwe missie nodig, jongen, hier word jij nooit gelukkig. Doe een aanvraag!') Maar op een mooie ochtend, terwijl hij zich stond te scheren — de onderste helft van zijn gezicht hagelwit, zijn scheermes goed geslepen, zijn duim op de zijkant van het lemmet om druk te zetten — zag Rogers het zonneklaar. Hij trok uit het scheerschuim een streep zwarte huid tevoorschijn, van zijn adamsappel naar zijn kin, en keek zichzelf in de ogen. Als je maar lang genoeg vecht, dacht hij, het mes onder de kraan schoonspoelend, verliest elk ideaal zijn belang. Je vecht omdat je vecht, en omdat je leven afhangt van de man naast je, en van de onverzettelijkheid van de klootzakken voor je. Dat is de waarheid van een slagveld. Het gaat om het slachten, de uitleg komt achteraf. Altijd. Wat begint met grote principes eindigt met gratuit geweld.

Dat simpele inzicht had hem gelouterd. Hij haatte niemand meer. Tenzij, op dit moment, als hij eerlijk was: Commander Van Buren. En degenen die, als puntje bij paaltje kwam, verantwoordelijk waren voor zijn laattijdigheid. De Fransen.

Die eeuwige fucking Fransen.

Voor Franse burgers voelde Rogers weinig minachting. Hij vond ze grappig, exotisch en luidruchtig. Die eerste twee dingen hadden zij ook van hem gevonden, in die wilde zomer van '44, toen hij zelf nog een rekruut was met een jonge vranke smoel. Het leek wreed om te zeggen, en cynisch, maar hij had zich nooit beter gevoeld dan na de landing in Normandië. Nooit meer zo dienstbaar, zo alive. Ondanks alle verliezen en bombardementen, de honger en de burgerdoden: wat een feest, wat een dankbaarheid. Een orgie van hoop.

Hij mocht op een dorpsplein naast de fontein gaan staan, of in Parijs op de Champs-Élysées: ze kwamen hem ongegeneerd en luid ratelend de hand drukken, de Franse burgers. Ze zwengelden aan zijn arm alsof hij een kapotte pomp was. Dat hij Engels terug praatte vermaakte hen, ze riepen er vrienden en familie bij. Zo'n uitheemse zwarte hadden ze nog nooit meegemaakt. Van de vrouwen kreeg Rogers niet de indruk dat ze hem vriendelijk bejegenden omwille van alleen zijn gratis blikken cornedbeef. Als het op directheid aankwam, hadden Franse vrouwen zwarte vrouwen kunnen zijn. Iets minder soepel in de lendenen, maar hun lippenwerk was des te meer geraffineerd.

Een minder hoge dunk had Rogers van Franse soldaten. Op kop die hele generaal De Gaulle. Er schoot van diens vaderland weinig over na de Duitse bezetting. Een flink deel van de politici, het leger, de intelligentsia en de ambtenarij had zelfs openlijk gecollaboreerd. Maar die slungel met zijn giraffennek en zijn politiepet liep in zijn eentje het Glorieuze Frankrijk na te spelen, alsof het nog steeds een zonnekoning verdiende. Le Général stelde eisen zus en voorwaarden zo, verbrodde bijna de invasie met zijn krankzinnige directieven en vertraagde de opmars met zijn aanmatigende zwakzinnigheden. En altijd weer die gekrenkte trots van hem en zijn officieren. Als je ze zag rondparaderen, kin geheven, knevels opgestreken, zou je gaan geloven dat de enige reden dat er een leger bestond de juiste snit was van hun uniform.

Rogers had niet alleen gestaan in zijn ergernis. Zijn lievelingsgeneraal, George Patton, mocht dan een charismatische zonderling zijn geweest — in besloten kring citeerde hij Thucydides en Shakespeare, zijn troepen sprak hij toe in bewoordingen die het platste viswijf het schaamrood naar de kaken zouden hebben gejaagd — de man wist wat vechten was. Als bevrijder van Palermo en Messina veroverde hij met zijn Derde Leger ook Metz, na een onvervalste blitzkrieg. Lik op stuk, in twee weken tijd: meer dan duizend kilometer terreinwinst, duizenden dode Duitsers, honderdduizenden krijgsgevangenen. Zijn brandende opmars werd niet door de vijand, maar door Gallisch geklungel gestuit. Tegen iedereen die het horen wilde, kafferde Patton: 'Ik voel me veiliger met een Duits regiment vóór me dan met een Frans regiment aan mijn kant.'

Had hij de oorlog overleefd, in plaats van om het leven te komen bij een dom auto-ongeval in het pas veroverde en in sectoren opgedeelde Berlijn, hij zou zijn mening over het Franse leger niet hebben veranderd. Eerst eiste De Gaulle, op hoge toon, dat de Navo zich zou vestigen in Frankrijk, in de hoop meer invloed te verwerven dan hem toekwam.

Halverwege de jaren zestig verbrak hij alle banden omdat hij vond dat hij te weinig invloed kreeg. De ondankbare hond begon te werken aan zijn eigen Force de Frappe, regelrecht in de contramine met de Navo. Die verbande hij zelfs uit Parijs, en ineens ook maar buiten alle heilige Franse landsgrenzen, samen met de Shape en alle andere afdelingen. Rogers werd er nog kwaad over als hij eraan dacht. Hij stak een zesde Marlboro op.

Waar zouden die slakkenvreters hebben gestaan, vroeg hij zich af, extra diep inhalerend, zonder ons bloed en ons Marshallgeld? Wat zouden ze gedaan hebben, behalve nog meer collaboreren, als wij niet de kunde hadden verworven om een atoombom te maken en het lef hadden getoond om die als eerste te gebruiken? Zodra ze er zelf een kunnen maken, gooien die klootzakken ons eruit.

En daarom, alles welbeschouwd, zat hij hier en nu te wachten op zijn Supreme Commander.

Om ruzie tussen de overgebleven partners te vermijden nam de Navo het snelle verhuisaanbod van de Belgen in overweging. Ze waren gedienstiger en vriendelijker dan de fransozen, ze konden even goed koken en ze spraken wél een mondje Engels. Ze bezaten vooral een perfecte ligging. Tussen het Verenigd Koninkrijk en West-Duitsland enerzijds, Noord- en Zuid-Europa anderzijds. Een ligging die hun al eeuwenlang evenveel voordelen als oorlogen had opgeleverd.

De beslissing viel snel. De overgebleven grote leden van de verdragsorganisatie hadden bezwaren tegen alle andere grote leden, zodoende had niemand bezwaren tegen de Belgische lilliputters. Die hadden zo al meer internationale instellingen en topfuncties verzilverd. Zelfs de eerste voorzitter van de Algemene Vergadering der Verenigde Naties was een Belg. Er is een vorm van bescheidenheid die sluwheid maskeert.

Soms maskeert ze regelrechte doortraptheid. Alles was in kannen en kruiken, de dozen waren gevuld, de meubels ingepakt, de verhuiswagens besteld, toen de Belgische regering als bij toverslag tot het besef kwam dat een militair commandocentrum weleens een strategisch doelwit zou kunnen vormen. De Shape zou bijgevolg een gevaar kunnen betekenen voor haar enige metropool, het zevenheuvelige Brussel. Zodat ze — helaas! geheel buiten de Belgische wil om! sorry! — een nieuwe locatie moest opgeven voor de Shape. Vijftig kilometer verwijderd van de zeven heuvels. In een verarmde regio die een economische injectie goed kon gebruiken. Uiteraard in ruil voor de stemmen van het plaatselijke kiesvee. De desbetreffende politici bekenden dat zonder gêne, alsof ze nog felicitaties verwachtten ook. Of: hoe de muis de olifant naait.

En hoe de olifant nog 'ja' zegt ook. De verhuizing ging door zoals de Belgen eisten. In Parijs had je van de Navo naar de Shape kunnen wándelen. Hier deed je er met de auto een uur over. Als er geen files waren. En die waren er. Steeds meer. De Belgen mochten hun pokkenhoofdstad ondertunnelen zoveel ze wilden. Alles zat muurvast, van de ochtend tot de avond.

'Rogers? Update!'

Daar kwam hij dan eindelijk toch binnengewaaid, Commander Van Buren, rechtstreeks uit zijn residentiële Elsene. Hij woonde nota bene aan de Avenue du Général de Gaulle.

Van Buren was een reus met ros haar en een rode nek, een mond vol porseleinen kronen en een lijf dat nog altijd geschikt leek om een triatlon te winnen. Zijn uniform zat hem als gegoten en hij sprak te allen tijde met overdreven vertoon van autoriteit. Als hij ooit in de politiek ging, was hij niet kansloos, zelfs niet voor het hoogste ambt. Alleen jammer van dat haar. Rogers kon zich geen enkele president herinneren met ros haar. Misschien over een paar jaar. Als het eindelijk wit was geworden.

Van Buren keek rond zonder een woord van excuus en met een air alsof, dankzij zijn komst, de planeet eindelijk gered kon worden. 'Hoe ver staan we, jongens?' Hij gooide zijn aktetas op de tafel en nam plaats. 'Zeg het maar!' Hij tikte zonder iets te vragen een Marlboro tevoorschijn uit het pakje van Rogers. Op dat moment beet de gevleugelde worm op het scherm in de vette rode lijn en brak het pandemonium los.

Er begon een alarm te loeien alsof hemel en aarde vergingen, de situation room daverde, rode lichten flikkerden aan en uit, Daisy legde met een schampere grimas haar handen over haar oren. Bij de oefeningen had het alarm nooit zo luid geklonken. Was het de reële dreiging die alles intenser maakte? Ze speelden nu geen war games meer. Er was een werkelijk bestaande, vijandelijke jager het westerse luchtruim binnengedrongen, in alle openheid, met God weet welke lading, en met God weet welk doelwit. Ze konden hem neerschieten — maar wat zouden de represailles zijn van de andere kant? En waar hield het escalerende pingpong op?

Het alarm snerpte door, gekmakend luid, oorverdovend scherp. Ook Rogers legde nu zijn handen over zijn oren. Zijn blik was niet langer gefixeerd op het vliegtuigje, maar op het wapenschild van de Shape, afgebeeld op een papieren vaantje, stijf uitstaand en in de top van een miniatuurmast van een hand hoog, in het midden van de vergadertafel. Het pronkte daar al jaren. De letters waren nog net leesbaar.

The Price of Freedom is Vigilance.

Een minuut later was het alarm afgezet en had het bliepen zijn irritant rustige voortgang hernomen. Het klonk alleen holler nu. Geen cardiomonitor meer, maar de sonar in een onderzeeër waar men wacht op de dieptebom. Op het scherm vrat het vliegtuigwormpje nu aan de gele stippellijn die naar de Lage Landen liep, haaks op de snelweg Hamburg-Hannover. Chief of Staff Rogers was net begonnen aan zijn update. 'Alle platformen en lanceerbases zijn in de hoogste staat van paraatheid en er ligt een lijn open met het Witte Huis.'

Van Buren: 'Visueel contact?'

Rogers: 'Binnen een paar minuten.'

Van Buren: 'Wie?'

Rogers: 'Twee F-15's.'

Van Buren: 'Amerikaanse piloten?'

Rogers: 'Amerikaanse piloten.'

Van Buren: 'Opgestegen?'

Rogers: 'Soesterberg.'

Van Buren: 'Ze mogen schieten?'

Rogers: 'Alles gecleared.'

Van Buren: 'Radiocontact?'

Rogers: 'Luid en duidelijk.'

Van Buren: 'Het vreemde toestel?'

Rogers: 'Geen contact.'

Van Buren: 'Het Kremlin?'

Rogers: 'Evenmin.'

Van Buren: 'Oost-Duitsland, Polen, Hongarije?'

Rogers: 'Geen alarm, geen waarschuwing — niets.'

Van Buren: 'Jouw advies?'

Rogers: *(verbaasde pauze)* 'Pardon?'

Van Buren: 'Wat vind jij dat er moet gebeuren?'

Rogers: 'Voorlopig niets.'

Van Buren: 'Wachten op visueel contact?'

Rogers: 'Wachten op visueel contact.'

Generaal Van Buren verzonk in gepeinzen. Zijn grote rode hoofd hing schuin, hij ondersteunde het met twee vierkantige vingertoppen. Zijn fletse blauwe ogen waren gericht op de worm die zich steeds dieper naar binnen vrat in het territorium waarvan hij de grenzen in bewaring had gekregen.

Rogers moest toegeven dat Van Buren hem verbaasde. In positieve zin. Die rust, die zelfbeheersing. Hij had hem altijd gezien als een driftkikker die in staat was om zijn stempel op de wereldgeschiedenis te willen drukken met een onverantwoord risico, dat hij achteraf zou voorstellen als een geniale meesterzet. Hij gaf te graag interviews, vond Rogers. Over zíjn jaren in Korea en Vietnam. Op de foto's poseerde hij dan voor een houwitser of een tank. Of in zijn bureau, met achter zich drie vaderlandse vlaggen en voor zich een aansteker in de vorm van een handgranaat. Rogers hield niet van generaals die interviews gaven in vredestijd. Maar hij had zich vergist. Van Buren was een geboren leider. Pas als iemand onder spervuur ligt, komt zijn ware aard naar boven.

'Zal ik je eens wat zeggen, Rogers?' vroeg Van Buren. Hij hief zijn hoofd en doofde zijn sigaret. Hij had amper drie trekken genomen. 'We schieten die klootzak uit de lucht.'

Rogers was te verbijsterd om iets te repliceren.

'Het is vandaag Independence Day,' riep Van Buren uit. Hij ging staan en begon te ijsberen, de handen op de rug. 'Heel Amerika viert feest, van Alaska tot Florida.' Hij wees naar de worm. 'En uitgerekend op een Fourth of July vliegt een communistische klootzak het IJzeren Gordijn over? Zomaar? Zonder bijbedoelingen? Zo veel toeval bestaat niet.'

Rogers: 'Waarom zou de Sovjet-Unie ons aanvallen met één vliegtuig als ze er tienduizenden hebben klaarstaan?'

Van Buren: 'Dit is de wanhoopsdaad van een extremist. Er lopen in Rusland genoeg gefrustreerde idioten rond die een fles wodka achteroverslaan en dan het zogenaamde recht in eigen hand nemen.'

'Waarom zou iemand zoiets op zijn geweten willen hebben?' Het was Daisy die dit zei. Haar stem trilde.

Van Buren sloeg geen acht op haar. Hij boog zich naar zijn Chief of Staff: 'Iedereen bij intelligence zegt dat Polen op ontploffen staat. De verkiezingen zijn gewonnen, maar niemand durft een nieuwe president aan te stellen. De tanks staan opnieuw klaar, maar de Sovjet-Unie lijkt verlamd. Tenzij ze een tweede adem vindt. Dankzij een buitenlandse vijand!'

Rogers: 'Waarom vallen ze ons dan niet aan met alles wat ze hebben?'

Van Buren: 'Er is een katalysator nodig. Een vonk geslagen uit een vuursteen, geleverd door een eenling met een messiascomplex. De geschiedenis staat bol van dat soort eenzame wolven, zelfverklaarde martelaars, solitaire kamikazepiloten. Dat is toch de les van 1914? Eén kogel in Sarajevo, één dode Franz Ferdinand in een cabriolet, en de Eerste Wereldoorlog barstte los. Twintig miljoen doden.'

Rogers: 'Zelfs als het om zo'n provocatie gaat, waarom geven we die kerel dan zijn zin? We gaan nooit in op de eisen van terroristen.'

De Republikein: 'Als we hem niet neerschieten, laten we onze kwetsbaarheid zien. Dat is nog erger. Dan brengen we het Kremlin op gedachten. Zwakte roept agressie op, altijd.'

Rogers: 'Het kan gaan om een ordinaire overloper. Een rat die het zinkende schip verlaat en wil dat we zijn toestel onbeschadigd in handen krijgen, in ruil voor een toekomst in het Westen.'

Van Buren: 'Waarom neemt hij dan geen contact op? Zelfs nu, binnen ons bereik?'

Rogers: 'Misschien wil hij eerst uit het bereik van hún raketten zijn.'

'Die bastaard is ons luchtruim binnengedrongen!' Van Buren sloeg met zijn vuist op de tafel. 'Al tientallen kilometers!' Zijn hoofd was nog roder dan daarnet. 'Er is een pijl op weg naar ons hart en wij doen geen zak om hem af te weren.'

'Een pijl?' Rogers schudde zijn hoofd. 'Het toestel maakte boven de Baltische Zee een rare bocht, alsof het uit koers werd geblazen. Het zwalkt meer dan dat het één bepaalde route volgt.' Zijn stem klonk aarzelend. Alleen Daisy keek nog naar hem.

'We schieten die klootzak uit de lucht,' mompelde Van Buren, een map met stafkaarten uit zijn tas tevoorschijn halend.

'Commander Van Buren?' De Republikein zag zijn kans schoon. 'Ik zou een Patriot gebruiken.'

'Een Hawk,' verbeterde de Democraat.

Ook hen leek Van Buren te negeren. Hij had zijn eigen landkaart opengevouwen en plantte zijn wijsvinger op het middelpunt. 'Hij vliegt naar Brussel,' gromde hij. 'Eén klap, twee vliegen. Zetel van de Navo en Europa. En niet te vergeten' — hij keek nu toch naar de twee mollen, grijnzend — 'de zetel van vier van de zes Belgische regeringen.'

De Democraat stond paf. 'Hoe komen tien miljoen mensen aan zes regeringen?'

'Het begint met heel veel Democraten,' zei de Republikein, 'en veel te veel belastingen.'

Rogers voelde Daisy's hand nu toch op die van hem. Ze trilde en voelde koud aan. Rogers kneep er geruststellend in. Het kon hem niet schelen of iemand het zag. Maar hij durfde niet naar het gezicht van zijn Daisy te kijken — moeder van twee, en diensthoofd van twintig, allemaal nietsvermoedend aan het werk, vlak boven hen. Hij zag dat de telefoonlijn met Washington al die tijd open was blijven liggen. Wie luisterde er mee? In het holst van de nacht die daar nog heerste?

'We kunnen het ons op een moment als dit niet aantrekken of regio's dichtbevolkt zijn of niet,' hoorde hij de Republikein verkondigen. 'Het moet zo snel mogelijk worden gestopt,' zei de Democraat. Commander Van Buren keek hen aan. Niet eens smalend.

Zover was het gekomen, in een paar minuten tijd. De Supreme Commander had zijn Chief of Staff ingeruild voor twee partijpionnen. Rogers merkte dat hij zich ook in hen had vergist. Ze hielden van een gevecht, meer dan hij. Zij konden niet wachten om uit te halen. Ze waren verlekkerd op de daadkracht en de houding en de bewoordingen van hun generaal. Zo moest een Commander zijn. Een leider, een beslisser. Geen Neville Chamberlain, maar een Winston Churchill. Een generaal Patton voor vandaag.

Rogers keek de machtsovername onthecht aan. Misschien hebben ze gelijk, dacht hij. Alle drie. Misschien moet er met deze hele zooi eindelijk maar eens korte metten worden gemaakt, goedschiks, kwaadschiks. Patton had in '45 al door willen stoten, na het capituleren van Duitsland. Ineens doorstomen, over Polen heen, helemaal tot in Moskou, met of zonder kernbom. De korte pijn. Zo noemde Patton iedere oorlog, ook al duurde hij vijf jaar.

Als jonge marinier zou Rogers dat plan hebben toegejuicht. Confrontatie was beter dan uitzichtloze verzoening, zou hij toen hebben gedacht. Die stelligheid was hij kwijtgeraakt na Vietnam. Hij was een verdediger geworden van het tegenovergestelde. De voortzetting van oorlog met andere middelen. Met overleg. Met — toch maar, hoe dan ook — diplomatie. Met politiek. Echte politiek.

Nu, tientallen meters onder de grond, aangevreten door het onophoudelijk gebliep van een vliegende worm, twijfelde hij opnieuw. Deze Koude Oorlog, deze gestolde hysterie met haar wapenwedloop, haar spionagecultuur, haar wederzijdse voorspelbare propaganda, en alle gigantische kosten die dat met zich meebracht... Wat was daar uiteindelijk de tol van? En de zin? Hoeveel levens waren evengoed verwoest, hoeveel dromen onderdrukt, hoeveel landen op de rand van bankroet gebracht? Het deed hem denken aan de potlatch van de Chinook-indianen, Native Americans uit het noorden. Rogers had het altijd een van de raarste hoofdstukken gevonden uit zijn cursus Militaire Geschiedenis. Pa Rogers had hem niet willen geloven toen hij het hem vertelde. Die lachte zijn heerlijke, vertrouwde lach. Een diepe basstem met hoge uithalen en met, nog steeds een beetje merkbaar, dat accent uit het Diepe Zuiden, geërfd van zíjn vader, ontsnapt uit een tabaksplantage. 'Ga weg, Clark! Je neemt me in de maling, man! Zo raar zijn zelfs de indianen niet.' (Chicago. Die lange avonden in hun sombere buitenwijk. Hun discussies, en die lach. Die lach.)

Tijdens een potlatch komen rivaliserende stammen samen aan hun gemeenschappelijke grens. Niet om te vechten, maar om de andere stam uit te dagen met zelfvernietigende bravoure. In elkaars zicht worden wilde festijnen aangericht. Iedereen vreet zich dagenlang te barsten om de ander te overtroeven. Sommigen eten zich letterlijk dood. Ook de veestapel, hun grootste rijkdom, drijven ze bijeen voor het oog van hun rivalen, die precies hetzelfde doen. Vervolgens wordt het ene na het andere beest ritueel de keel afgesneden. Eentje hier, eentje aan de overkant. Tot een van beide stopt, of tot de dieren op zijn. Na het vee is het de beurt aan de slaven. Het is een zeer oud Amerikaans gebruik om slaven te bezitten. Om ze dood te knuppelen ook. Soms bleven er te weinig over om na de potlatch het land weer te bewerken. Sommige strijdende stammen waren na een potlatch zo verzwakt dat ze alle twee uitstierven.

Zou een open conflict dan toch niet beter zijn?

Chief of Staff Clark Rogers zag dat de vliegtuigworm inderdaad de route volgde die hem naar het midden van België zou leiden, het klokhuis van Europa. Commander Van Buren heeft gelijk, dacht hij. We moeten dat toestel neerhalen. Het zekere voor het onzekere. Kome wat komt. Op dat moment kraakte de intercom.

Het was een van de twee Amerikaanse piloten in de F-15's uit Soesterberg. Stemvast en zakelijk. 'Visueel contact. Ik herhaal: visueel contact. Het betreft een MiG, vermoedelijk een MiG-23. Zonder kap en zonder piloot. Ik herhaal: geen kap, geen piloot. Het toestel vliegt autonoom.'

Thuis,
in Kooigem,
en in dubio

Vera begreep zelf niet waarom ze dit loensende meisje met de gezwollen lippen toegang had verleend tot een woning die ze nog maar net, van garage tot achterdeur, had laten voorzien van nieuwe sloten. Ze had haar territorium willen afbakenen, alle indringers buitensluiten en haar alleenbezit fêteren. Het eerste wat ze deed was een wild-vreemde binnenlaten die alles belichaamde wat haar vernederde.

Verlies, ouderdom, gêne, verraad — het zat in één persoon verenigd en kortgerokt te zwijgen in een fauteuil, pal tegenover haar.

Maar tja — wat doet een mens? Als er in de prille ochtend een kind in je deuropening staat te huiveren, niet veel ouder dan je zoon? Met een tranerige oogopslag en een beverige stem? En met de smeekbede om, al was het maar voor vijf minuutjes, te luisteren naar haar excuses en háár kant van het verhaal? Je laat haar binnen. In een ijzige stilte, maar je laat haar binnen. Je bent geen onmens. En je koestert de schamele hoop dat ze niet alleen haar verhaal meebrengt, maar tevens een verlossend woord. Dat zij, 'Carla', maar een bevlieging is van Walter, dat ze dat allebei hebben ingezien en dat 'Carla' na dit gesprek voor altijd uit je leven zal verdwijnen.

Maar zodra de deur achter de rug van het meisje in het nieuwe slot valt, en zodra je, achter haar aan lopend, merkt hoe langbenig en volmaakt geproportioneerd ze is, en hoe nieuwsgierig ze jouw huis betreedt — om zich heen blik-kend, je privacy schendend, je leed opmetend met haar twintigjarige ogen — weet je genoeg.

Dat verlossende woord zit er niet in.

Je loodst haar snel naar het salon, vóór ze ook de keuken en de badkamer gaat keuren, en wie weet zelfs de garage. Dat kind blijft maar om zich heen kijken, met haar mond wijd open.

In het salon wijs je haar de eerste de beste fauteuil aan. Het is die — oh ironie — waarin je man graag onderuitgezakt naar natuurdocumentaires zit te kijken op de BBC. Voor je dat beseft en je je aanbod kunt corrigeren, is zij al gaan zitten, haastig en nu toch geïntimideerd. Ze verschanst zich achter haar gekruiste armen, zetelend op een bruggenhoofd van bruin leer en zijden kussens. Kussens die nog geuren naar jouw man.

Ach, denk je, laat haar daar maar zitten. Aan alle meubels kleven herinneringen, en aan sommige nog meer dan aan die fauteuil. Die antieke chaise longue daar? Daarop heb je je door Walter in diverse standjes laten nemen, in het eerste jaar nadat hij werd aangeschaft. Kostte een stevige rib uit het lijf, maar Walter wilde hem per se, dus hij kwam er. Na afloop van elke vrijpartij vielen jullie er steevast op in slaap. Walter boven, jij onder. (Na dat eerste jaar maakte hij er nog zelden gebruik van. Jij ook niet. Lekker lag dat bakbeest nooit. Ook niet tijdens de standjes. En na het slapen was je helemaal geradbraakt.)

Je laat niets merken van je spijt omtrent de zetelkeuze en biedt het kind integendeel — oh macht der gewoonte en Vlaamse gastvrijheid — een glas aan. Van de duurste whisky. Zijn whisky. Het is een test. Je denkt dat ze zal weigeren. Dat haar jeugd haar zal dicteren te kiezen voor een bescheiden glaasje water, of een berouwvol 'ik hoef helemaal niets, mevrouw, maar dank u voor het aanbod'. Het meisje zegt: 'Doe me maar een dubbele. Met twee blokjes ijs.' Ze zegt nog net niet: 'En neem er zelf ook een, Vera.' Haar stem is hees op een manier die mannen sexy vinden.

Maar de deemoed die ze uitstraalt is gemeend. Het ondergraaft je besluitvaardigheid om haar alsnog buiten de deur te zetten. Dit gesprek leidt nergens toe, dat weet je nu al. Maar je wilt niet onwellevend overkomen. Zelfs nu, op dit moment en tegenover zo'n veulen, is dat jouw angst, jouw diepste litteken: wat zal men van je denken? Je bent ook maar het product van je opvoeding. Beleefd op het geremde af. Daar hebben de jaren zestig weinig aan veranderd.

Bovendien wil je ook niet dat Carla straks aan Walter gaat overbrieven dat je er labiel bij loopt. Een wrak dat om de paar tellen van mening en van luim verandert. Als Carla straks aan Walter íets moet overbrengen, zal het een verslag zijn van jouw weerbaarheid. Jouw klasse in tijden van beproeving.

Dus je schenkt haar, waardig en bedaard, een whisky in. Weliswaar zonder ijs. Het kind moet niet denken dat ze jou kan commanderen zoals ze Walter om haar vinger heeft gewonden.

Het glaasje water neem je zelf, omdat je hoofd al wat draait na de drie glazen single malt die je achterover hebt geslagen.

De ijzige stilte duurt voort. Het meisje, op haar bruggenhoofd, bijt op haar onderlip en kijkt je aan, het gezichtje schuin, de logge whiskytumbler balancerend in haar frêle hand. Het is duidelijk niet de eerste keer dat zij dure whisky drinkt.

Jij vertrekt geen spier. Je straalt schampere afwachting uit, op het hautaine af. Maar je vergeet wel te drinken van het glaasje water dat je met je beide handen vasthoudt in je schoot — je handen om het glas gevouwen, als voor een seculier gebed. Je zit er overigens ongemakkelijk bij, met kaarsrechte rug op een stoel zonder kussen. Het lage salontafeltje staat goddank als een demarcatielijn tussen jullie beiden in. Een beetje afstand mag er blijven. Carla is zo al dicht genoeg genaderd. In Amerika geven ze orkanen ook de naam van een vrouw.

Het meisje neemt een slok, een forse zelfs, zonder te hoesten of te grimassen, als ging het om fluitjesbier, en steekt dan toch van wal. 'Vera,' zegt ze, 'dit is voor mij ook niet gemakkelijk, hoor.' Terwijl ze dit zegt, gaat ze verzitten. Ze trekt haar lange benen koket onder zich, om het zich alvast qua houding een stuk gemakkelijker te maken.

Je ziet het met afgrijzen aan. Niet omdat ze is vergeten haar schoenen uit te trekken — haar stiletto's prikken in je dure kalfsleer — maar omdat haar rok te kort is om haar kruis behoorlijk te bedekken. Je vangt ongewild een glimp op van het flitsend witte driehoekje van haar string. Met hernieuwd afgrijzen besef je dat je al blij mag zijn dat ze überhaupt een onderbroek draagt, na wat ongetwijfeld een lange nacht van hete liefde, pathetiek en overmatig drankgebruik moet zijn geweest. Aan de zijde van de man die de afgelopen twintig jaar jouw leven heeft gedeeld, ofschoon de laatste twaalf maanden in leugens en bedrog. 'Walter heeft me eerst nog willen tegenhouden,' zegt het meisje, met een ernst waar je onwel van wordt. Ze beseft niet eens hoe ze erbij zit. Haar hese stem trilt van toewijding. 'Walter smeekte me zelfs om jou eerst de nodige tijd te gunnen. En hij heeft natuurlijk gelijk. Walter heeft altijd gelijk. Maar ik stond erop jou te laten weten dat ik jou geen pijn wil doen.'

Ze spreekt Walters naam uit met eerbied en, onmiskenbaar, vertedering. Je moet al je krachten verzamelen om het glas niet uit je handen te laten glijden. Of om er niet mee te gooien.

Carla merkt het niet. Ze merkt niets. Ze fleurt op. Ze voelt zich hier al thuis. Er is maar één ding dat nog zou kunnen wijzen op enige boetvaardigheid of schaamte. De snelheid waarmee ze begint te spreken. Maar de wufte flair waarmee ze dat doet, ieder van haar sleutelwoorden benadrukkend met een rukje van haar hoofd, of met gefladder van haar vrije hand, bewijst dat ze het gewend is om te kwekkebekken. Ze is niet schuldbewust, ze is een waterval van woorden par nature.

Al na een minuut zit je te kokhalzen. Het glas kriebelt in je handen. Mijn God, denk je, wat moet die arme Walter doen om dit kind tot zwijgen te brengen? Haar kussen? Zich doen pijpen? Allebei? Geen wonder, denk je — verbaasd over je eigen cynisme — dat ze gezwollen lippen heeft.

Het was een monumentale vergissing om haar binnen te laten.

Carla, onverstoorbaar, op topsnelheid: 'Waarom zou ik jou een kwaad hart toedragen? Ik leef juist met je mee. Ik besef hoe jij je voelt. Ik heb ook eens een relatie gehad die op de klippen liep. Ik lag fameus in de kreukels. En hij en ik kenden elkaar ocharm een jaar. Wat moet een klap als deze dan niet betekenen voor jou? Je halve leven gaat in vlammen op. Dat moet verschrikkelijk zijn. Ik kan me ook perfect inbeelden wat je denkt van mij. Je volste recht. In jouw plaats deed ik hetzelfde. Maar de zaken zijn nu eenmaal wat ze zijn, Vera. Walter en ik houden van elkaar.'

Carla neemt nu toch een kleine pauze. En een tweede slok. Haar tumbler is meteen bijna leeg. Ze kijkt er heel even verbaasd naar, en gaat dan onvermoeibaar door.

'Pas op, ik heb me er hard en lang tegen verzet. Walter ook. We vonden dat het niet kon. We hebben elkaar gemeden, maandenlang. Maar onze liefde was te sterk. Walter is ook zó'n schat? Het is voor hem dat ik hier zit. Verbreek het contact niet met hem, zoals je vanmorgen dreigde aan de telefoon. Hij gaat daaraan ten onder. En ik voel me er ook beroerd bij. Het was nota bene mijn idee om jou te bellen. Ik vond dat dit niet langer aan kon slepen. Walter vond dat ook. Al lang. Maar hij had nooit de moed om jou iets te zeggen, omdat hij wist hoezeer hij jou zou kwetsen. Daar hebben we vannacht weer uren over gepalaverd, we kwamen er opnieuw niet uit, we gingen een laatste glas drinken — en daar, in dat café, is Walter bezweken. Hij weende. Ik ben het Vera verplicht de waarheid op te hoesten, zei hij. Hij heeft de barman om de telefoon gevraagd en heeft je gebeld. Dus vergis je niet. Jij betekent nog ontzettend veel voor hem. Zet niets onherroepelijks in gang. Denk ook eens aan Peter. Een overdreven drama kan negatief zijn voor zijn studie. Verplicht die jongen nooit te kiezen tussen jullie beiden. Walter zou dat niet overleven. Ik verlang toch ook niet dat Walter kiest voor mij en breekt met jullie twee?'

Ze onderbrak zichzelf voor een derde en laatste slok. Terwijl ze de lege tumbler op het salontafeltje zette, ging ze alweer verder.

'Hij spreekt nog altijd vol vervoering over jou en wat jullie allemaal hebben uitgespookt, vroeger, lang geleden. Berlijn en Amsterdam? In die periode? Ik ben soms zo jaloers dat ík hem niet heb mogen kennen toen hij jong was. En hoe jullie dan dit huis hebben gebouwd? Eigenhandig, en met nauwelijks geld in het begin? Ik heb daar zo'n bewondering voor! Voor jullie allebei. En als hij dan vertelt hoe alles langzaam is verzand? Hoe het geluk jullie door de vingers is geglipt, stukje bij beetje? Dan ligt hij vaker wél dan niet te huilen in mijn armen. Jij bent nog ontzaglijk belangrijk voor hem, Vera. Daarom: wees redelijk. Laten we hiermee omgaan als volwassenen. Laten we vrienden blijven met z'n allen. En behandel Walter niet zoals vanmorgen. Hij is daar totaal kapot van.'

Het was nu Vera's beurt om een glas op het lage tafeltje te plaatsen. Ze was blij dat ze het neer kon zetten zonder dat er water over de rand klotste. Haar hand had ze in elk geval onder controle. Nu de rest nog.

'Ach zo?' Ze keek de jonge maîtresse van haar man aan met een glimlach waarvan ze hoopte dat hij er gepijnigd uitzag, en toch trots. 'Wie had dat gedacht? Walter heeft het over mij, wanneer hij praat met u.' Ondanks haar ellende was Vera zich ervan bewust dat tristesse ook gracieus kon zijn, en des te efficiënter als wapen. De kracht van een stijlvol slachtoffer was niet te kloppen. Ze vergrendelde de glimlach om haar lippen.

'Heeft hij ook vermeld — hetzij in uw armen, hetzij aan uw voeten — hoezeer hij mij heeft uitgekafferd, bij ieder foutje, toen we dit huis inderdaad met eigen handen moesten afwerken, omdat híj de kosten catastrofaal verkeerd had ingeschat? Heeft hij u verteld — hetzij in bed, hetzij bij het ontbijt — hoe ik mijn vingers tot bloedens toe heb opengehaald bij het schuren en vernissen van tweehonderd vierkante meter parket? Ik heb nog altijd littekens op mijn vingers. Hij niet. Hij was net voor zichzelf begonnen. De toekomst in België, zei hij, is aan de landmeters. Ik was toen lerares, dus ik had vrije tijd te over, vond hij. Hij kocht het schuurpapier, met rollen tegelijk. Ik schuurde ermee, tot er geen korrel zand meer op zat.'

'Heb ik je gekwetst?' vroeg Carla met schuldbewuste blik. 'Dan spijt me dat. Echt waar.'

Vera ging er niet op in. Ze was nog lang niet klaar. 'Heeft Walter u verteld dat we ons drie winters lang geen enkele verwarming konden permitteren? Omdat de aannemers van zijn keuze onze haciënda onafgewerkt hadden opgeleverd, na hun faillissement? We kampeerden in een bouwval. Vluchtelingen in ons eigen land. Drie winters lang, vol zwarte sneeuw en schele honger. Peter droeg nog pampers, toen. Correctie, hij droeg luiers. Pampers waren onbetaalbaar. Ons beider loon ging naar advocaten. En naar de nieuwe aannemers die Walter had gecontracteerd, opnieuw zonder eerst een deugdelijk bestek te vragen.'

Carla wilde iets opmerken, maar Vera sneed haar de pas af. Het deed haar deugd haar ziel op te mogen hoesten. De pijn die dat met zich meebracht, nam ze op de koop toe. Maar haar glimlach was ze nu al kwijt.

'Heeft Walter opgerakeld, ja dan nee, dat ik — bevangen door uitputting en vernisdampen, door het gekrijs van Peter en door zíjn gezeur — aan de rand van een depressie heb gestaan? Heeft hij verteld over mijn pillen? Mijn sessies bij de zielenknijper? Nee? Hoe bizar! Hij komt daar nochtans graag op terug, het liefst waar vreemden bij zijn. Ik zal ze u besparen, lieve kind, alle andere details, over alle andere opknapwerken, en de oorlog omtrent de keuze van elk meubelstuk en schilderij, de lading Zweedse kasseien voor onze oprit, en de aanplant van onze veel te grote tuin, tot alles naar zíjn zin was ingericht en was afbetaald zoals het moest. Ik zeg u enkel dit — u, die aan het begin staat van de calvarie waarin elke passie kan verkeren. Begin nooit met de liefde van uw leven aan de bouw van een fermette. Akkoord, indien je dat gevecht als koppel overleeft, bezit je een ijzersterke band. Je hebt het recht verdiend om samen oud te worden, zij aan zij, tot in het graf. Maar nooit word je nog het koppel dat je was voordien.'

Vera besefte dat haar stemgeluid in de loop van haar weerwoord steeds luider en schriller was geworden, maar ze kon het niet helpen. Zij was geen waterval van woorden par nature. Bij haar spoot het eruit als bij een moeilijk aan te boren, eindelijk ontsloten oliebron. De bodem trilde ervan.

'Ik heb te veel geïnvesteerd, mijn lieve schat, en niet alleen in dit huis, om me zomaar aan de kant te laten schuiven in ruil voor jonger vlees. U komt hier binnenwaaien, met uw hoge hakken en uw hooggestemd pleidooi, om mij de les te lezen over wat ik al dan niet zou mogen zeggen tegen Walter? Toen ik hem leerde kennen, was u nog niet geboren.' Vera viel nu toch stil, omdat de waarheid van haar laatste opmerking haar de keel dichtschroefde. Ze was meer dan dubbel zo oud als dit wicht. Ze had zich steeds als een ruimdenkend persoon beschouwd, maar dat Walter zich vergreep aan deze halfwas trof haar als obsceen.

Bestonden er geen wetten tegen? Waarom niet?

Carla zag lijkbleek. Ze knikte en maakte aanstalten om op te staan. 'Je hebt gelijk,' mompelde ze. (Ze heeft nog niet één keer 'u' gezegd, dacht Vera. Ziedend, kolkend. Zwijgend.) 'En ook Walter had gelijk,' ging Carla verder. 'Ik had niet mogen komen. Het was goedbedoeld, maar een vergissing. Het spijt me zo.' Ze ging staan. In het kalfsleer van de fauteuil bleven diepe moeten zichtbaar waar haar hakken hadden gezeten.

Vera ging ook staan. Haar waardigheid was volledig weg. Ze was blij dat ze haar glas zojuist had neergezet, zo niet smeet ze het alsnog door het salon, of misschien wel naar dit hoogmoedig schepsel. 'Blijf zitten! Ik heb uw praat moeten aanhoren, heb nu de moed om ook te luisteren naar mij.' Vera wist dat ze stampvoette, maar het kon haar niet meer schelen. Een slachtoffer hoeft niet per se in schoonheid van zich af te bijten. Slachtoffer zijn volstaat. Ze was maar om één ding blij. Dat ze daarnet drie glazen whisky soldaat had gemaakt. Anders had ze zich misschien alsnog laten verleiden tot binnenvetten of misplaatste beleefdheid. Nu kon ze alles eruit gooien zoals het kwam. Op zijn minst zou ze deze kleine revanche uit haar nederlaag puren: dat ze haar gram kon halen op wie die het meest verdiende. Bij afwezigheid van Walter was dat zijn maîtresse.

Carla zonk inmiddels opnieuw neer in de fauteuil, stomverbaasd en stijfjes, maar met haar knieën dit keer keurig tegen elkaar. Ze keek bang op, meer een meisje dan een vrouw.

Is dit het nu, vroeg Vera zich ontsteld af, wat Walter opwindt? Een opblikkend zeehondenjong, weerloos en smekend? Maar er is ook wild dat een afranseling verdient. 'Waar haalt u de lompheid vandaan,' begon ze, haar armen in de zij plantend, zoals ze dat altijd had bewonderd bij zuiderse vrouwen in heetgebakerde films, 'om hier de loftrompet te komen steken van uw geluk, dat mijn ongeluk betekent? Is het onnozelheid of kwelzucht me in mijn eigen huis te komen sarren met het verderf, mij aangedaan door u?'

Ze had ook een priemende wijsvinger willen uitsteken naar Carla. Maar dat kwam er niet meer van. Misschien was het toch niet zo'n goed idee geweest zich blind over te geven aan de dadendrang die drie whisky's hadden opgewekt. Diezelfde whisky's sloopten nu haar wilskracht en dwongen haar tot wat ze te allen prijze wilde vermijden. Ze begon te janken. Tot haar ontgoocheling, maar zonder dat ze zich ertegen kon verweren. 'Waarom moet ik twee keer mijn pijn betalen?' hoorde ze zichzelf nog zeggen, terwijl ze weer neerzakte op de harde stoelzitting. 'Eén keer de waarheid, en één keer uw verhalen.' Tegen die tijd bevonden haar handen zich al lang niet meer in haar zij. Ze lagen op haar gezicht, om haar tranen te verbergen.

Ze snikte het uit. Dan toch nog vandaag.

Vera's vernedering werd compleet toen ze kort daarop voelde hoe de armen van het meisje haar voorzichtig omvatten. Carla maakte zelfs een soort susgeluidjes. Het salontafeltje moest ze terzijde hebben geschoven, zachtjes, om Vera niet nog meer van streek te maken. Ze zat nu waarschijnlijk op haar hurken, ondanks die hoge hakken. En meer dan waarschijnlijk met haar kruis opnieuw open en bloot naar Vera toe gericht.

Die durfde niet te kijken. Maar ze weerde ook niets af.

Sterker, ze liet zich de omarming welgevallen. 'Rustig maar,' zei het meisje dat haar dochter had kunnen zijn.

In gedachten zag Vera zichzelf en Carla zitten. De shot, hoog boven het huis genomen, alsof het geen plafond bezat en geen zolder, toonde twee verstrengelde lichamen, op de kruin gefilmd. Een jong meisje gaf de middelbare echtgenote van haar minnaar zachte, troostende klapjes op de rug. En die echtgenote werd er niet eens kwaad om. Haars ondanks leunde ze zelfs, verslagen, tegen haar opponente aan.

Wat kon dit meisje er per slot van rekening aan doen? Als zij er niet was geweest, was er ooit wel een andere 'Carla' op de proppen gekomen. Het was de geur die Vera daarvan overtuigde. Zo dicht, zo herkenbaar, zo lang geleden: de harde jongemeisjesgeur die opsteeg uit Carla's decolleté, versterkt door de zachte stevigheid van haar omarming, en de streling van haar adem, die ondanks de paar slokken whisky naar amandelen geurde. Pure, zuivere, schokkende onvolwassenheid.

Vera bood er eerst weerstand aan, maar ze kon het niet laten: ze sloeg op haar beurt haar armen om dit slanke kind dat ze niet aan durfde te kijken. Het was meer het gebaar van een drenkeling dan van een getrooste. Zo trok ze het meisje innig tegen zich aan, boezem tegen boezem. Zelfs haar wangen belandden tegen die van het meisje, ze besmeurend met haar oogvocht, goddank zonder mascara. En al die tijd zei Carla dingen als 'rustig nu maar', 'ik begrijp het wel' en 'laat het maar gebeuren, Vera'. En geen moment werd Vera daar kwaad van of onwel. Ze was zelfs bijna dankbaar dat er iemand te omarmen viel. Ze raakte er enigszins bedwelmd door, door de zuivere kracht van dit kind, het onwezenlijke aroma van heel dit prille lichaam. Ze begreep zelfs bijna wat haar Walter moest hebben bevangen. De belofte van een leven dat nog duizenden kanten op kon gaan. En dat men, als oudere man, nog volop mee kon helpen vormen, sturen, begeleiden. Zelf weer jong en toch moreel de meerdere: Walter was Carla's minnaar en haar vader tegelijk. En hoe pervers dat ook mocht klinken, Vera kon het bijna begrijpen. Want ze zag pijnlijk duidelijk hoe weinig zij daar nog tegenover kon stellen.

'Ach, Carla toch,' zei ze, haar hoofd losmakend uit de intense omstrengeling, lachend ondanks haar misère, 'zie ons hier nu zitten.' Ze keek het meisje van dichtbij in de ogen. Carla keek ernstig en dankbaar terug. Met die prachtige ogen van haar. Blauw, roodomrand van de vermoeidheid, en de slaap, en de emotie. Wat een schoonheid. Vera kon het niet helpen, ze móest haar hand op een van Carla's wangen leggen. Zacht als een perzik, maar wit als ivoor. At dit meisje wel genoeg groenten, vroeg ze zich af. Ze hongerde zichzelf toch niet uit om slank te blijven? Je las genoeg verhalen, zelfs in de kwaliteitskranten. Wat sommige mensen er niet voor overhadden? Om graatmager te blijven, jeugdig ogend, eeuwig aantrekkelijk? Sommigen sportten zich dood, anderen aten alleen zeewier. En het was allemaal zo zinloos. Komen deden de rimpels toch. Je mocht je blauw betalen aan vochtinbrengende crèmes en maandelijkse peelings. Niets hielp.

Opnieuw haar ogen sluitend, en met Carla opnieuw tegen zich aan gedrukt, herinnerde Vera zich Walter toen hij nog jong was.

Hij had diezelfde oerkracht bezeten.

Waar ze ook met hem kwam aanzetten — Berlijn, Antwerpen, Parijs — iedereen keek om. Eerst naar hem, pas dan naar haar. Ook zij vond dit de juiste volgorde. Ze werd er alleen maar trotser van. Aan Walters hand ontdekte ze de wereld. De wereld ontdekte haar omdat ze binnenkwam aan Walters hand.

Hij speelde toen nog voetbal en badminton, hij was een prima zwemmer en had een gespierde bast, al mooi behaard sinds zijn zeventiende. Zijn overhemden stonden dieper open dan haar bloesjes. Soms liep hij in betogingen rond met blote tors, met leuzen op zijn rug en strakke buik, in afwasbare verf. Op muziekfestivals ging hij als eerste naakt. Als hij jeans droeg, spande die suggestief, zowel voor als achter. Maar tegen de mode van de tijd in schoor hij zich en droeg hij zijn haar gemillimeterd. Krullen tot op zijn schouders had hij niet nodig, hij bezat reeds het brede voorhoofd, de zinnelijke mond en de minachtende blik van Jim Morrison, hun beider held in die dagen. *The Doors of Perception*, *The Marriage of Heaven and Hell*. Ze lazen nog boeken toen, met Joan Baez of Chet Baker op de achtergrond. Urenlang grasduinend, of elkaar voorlezend, hun lijven over elkaar heen gedrapeerd, op hun matras op de grond. Hesse, Huxley, Blake en Brautigan. De verplichte literatuurlijst van de beatnikhogeschool.

Mescaline hadden ze nooit geprobeerd, maar Vera herinnerde zich wel die ene keer dat zijzelf, op Bali, na hun eerste en meteen laatste experiment met magische champignons tegelijk ontzettend geil en intriest was geworden, en Walter alleen maar geil. Ze waren naakt in zee gaan zwemmen, onder een sikkelmaan. Zij huilend van geluk, hij gierend van geluk. Meteen daarna, zonder zich af te drogen, had hij haar genomen op hun slecht opgeblazen luchtbed, dat nog vol vakantieboeken lag.

Vera kon zich nog goed herinneren wat ze tijdens dat liefdesgevecht — geil als boter, maar wenend en wel — had uitgekreten. Letterlijk. 'Verscheur me. Bijt me aan stukken. Maak me kapot.' Na afloop beweerde Walter dat hij haar niets had horen zeggen. Hij noemde het zoete verbeelding, met dank aan de Balinese champignons.

Hoeveel jaren was het geleden dat zij en Walter samen een boek hadden gelezen? Of zelfs maar hetzelfde boek, in een en dezelfde zomer?

'Hoe jammer,' zei Vera, opnieuw haar ogen openend, 'dat we elkaar niet op een andere manier hebben ontmoet. Wie weet?' Ze streelde Carla opnieuw over de wang, het kind van dichtbij aankijkend, zonder nog een spoor van rancune. Ze begon haar als vanzelf te tutoyeren. 'Misschien hadden we het uitstekend met elkaar kunnen vinden, jij en ik.'

Tot haar verbazing voelde ze Carla in haar armen verstijven. Het meisje maakte zich zelfs voorzichtig los uit de omarming. 'Wat scheelt er?' vroeg Vera. 'Heb ik iets verkeerds gezegd?'

'We hebben elkaar al ontmoet,' zei Carla, moeizaam overeind komend. Ze was het duidelijk niet gewend om meer dan een paar minuten gehurkt te zitten op die hakken. 'Niet eens zo lang geleden. Je merkte me amper op.'

'Waar dan?' Vera was meteen op haar qui-vive. Ze wreef met een snel gebaar haar wangen droog. Er bekroop haar een onprettig voorgevoel. Ze was nog niet aan het einde van haar beproeving met dit meisje. 'Ik denk wel dat ik me jou zou hebben herinnerd. Zulke benen ziet een mens niet elke dag.' De rollen waren omgedraaid, zij keek nu naar Carla op. 'Wel? Waar was het dan?'

Carla leek weinig toeschietelijk. Ze rustte verveeld op één been, haar ogen zochten een uitweg. Zin om te kwekkebekken was er niet meer bij.

'Het was toch niet op de nieuwjaarsreceptie?' Vera's stem hervond haar volume. 'Kom me nu niet vertellen dat jij rond hebt lopen paraderen op het bedrijf van mijn man? In mijn bijzijn en voor de neus van zijn voltallige personeel?'

'Het was niet op het bedrijf,' zei Carla. Ze klonk oprecht van streek. 'Ik ben daar nog nooit geweest, en Walters personeel weet nergens van. Wat voor gevoelloze mensen denk je dat we zijn?'

'Mijn God!' Vera kon een cynische lach niet bedwingen. Ze spreidde haar armen, de handpalmen omhoog. 'Je bent hier geweest! Je hebt je tijdens onze jaarlijkse barbecue laten keuren door zijn kameraden, als een trofee, als een stuk vee. Wie weet hier allemaal al van?'

'Niemand! Helemaal niemand!' Carla schreeuwde het uit. Iets moest haar bijzonder aangrijpen. Haar woordenstroom kwam niet eens meer op gang. 'Dat is juist het punt!'

'Waar zou ik je dan gezien moeten hebben?' drong Vera aan, steeds ongeruster. Ze had het gevoel dat er een verwoestende klap aan kwam. 'Wat is hier verdorie het grote geheim?'

Carla keek Vera aan met een gezicht dat in tranen samenkneep en verbijsterend lelijk werd. Mijn God, dacht Vera, gebiologeerd naar Carla's lippen kijkend. Waarom zie ik het nu pas? Ze zijn niet gezwollen van het kussen. Ze zijn volgespoten met collageen. Nog slecht gedaan ook. En haar borsten? Zijn die wel echt? En wie heeft ervoor betaald?

'Het was in Leuven,' zei Carla. Vier woorden, toch nog met horten en stoten opgehoest. 'Ik zag die avond ook Walter voor het eerst. Ik zal het nooit vergeten.'

Leuven? Er begon Vera iets te dagen, te vunzig voor woorden. 'Kom me niet vertellen,' zei ze, al op voorhand wetend wat het antwoord zou worden, 'dat ik jou gezien heb op het verjaardagsfeestje van Peter.'

Carla sloeg de ogen neer, moeilijk ademhalend. Ze beet weer op haar onderlip. Voorzichtigjes.

Vera voelde een woedeaanval opzetten zoals ze er nog nooit een had gekend. 'Probeer je me wijs te maken dat jij het mysterieuze liefje was van wie Peters vrienden mij het bestaan verklapten, maar dat hij voor ons geheim wilde houden?'

'Jij zocht niet eens naar dat liefje,' viel Carla uit. 'Je keek langs me heen. Zoals je langs iedereen heen keek. Walter niet. Die had het in de gaten. Die liet zich aan mij voorstellen, terwijl jij al aan de bar stond te pruilen en te klagen over de kwaliteit van de sangria.'

Vera was blij dat ze zat. 'Jij hebt Walter leren kennen op het feestje voor de verjaardag van mijn zoon? Wanneer heb je dan voor het eerst met hem geslapen? Ik bedoel wel degelijk met de vader.'

Carla: *(na een pauze)* 'De dag daarna.'

Vera: *(verbijsterd)* 'Weet Peter hiervan?'

Carla: *(stil)* 'Ik heb het onmiddellijk uitgemaakt.'

Vera: *(roepend)* 'Heb je hem gezegd waarom?'

Carla: '...'

Vera: 'Weet Peter waarom je het hebt uitgemaakt?'

Carla: *(begraaft haar hoofd in haar handen)* '...'

Het was nu Vera's beurt om zich op Carla te gooien. 'Zo gemakkelijk kom je hier niet mee weg.' Ze rukte aan de frêle polsen van het kind. Ze moest zich inhouden om haar niet een draai om de oren te geven. Als ze nu begon te slaan, wist ze niet wanneer ze zou stoppen. 'Mijn zoon was niet goed genoeg voor jou, dus pap je maar aan met zijn vader?'

'Laat me met rust,' zei Carla, nauwelijks hoorbaar, 'ik schaam me al genoeg.' Haar stem klonk nog heser dan daarvoor.

'Vind je het gek?' Vera probeerde onverminderd Carla's handen los te wurmen. Het was waarschijnlijk geen gezicht, zoals ze min of meer zaten te vechten. Carla achteroverliggend op de leren fauteuil, Vera over haar heen gebogen, uit alle macht sjorrend aan de polsen van dit jonge, breekbare wezen dat over verbazingwekkend veel weerstand bleek te beschikken. 'Kijk me aan! Ben je daarom hierheen gekomen? Om me in het gezicht te smijten dat niet alleen mijn man me met jou bedriegt, maar dat jij ook mijn zoon bedriegt met hem?'

Carla hield haar handen voor haar gezicht zoals een bokser die zijn dekking hooghoudt tijdens een slagenregen. Vera daarentegen voelde, behalve de woede der bedrogenen, nu ook de furie van het moederdier. 'Was mijn zoon dan zo afstotelijk dat je hem moest inruilen voor een vent van twee keer zijn leeftijd? Waren de cadeaus van Peter niet duur genoeg, misschien? Waren de etentjes en de drankjes die hij je aan kon bieden niet exclusief genoeg?' Trekken en duwen leverde niets op. Carla had zich te goed verschanst. Achter haar dekking leek ze te snikken.

Vera zocht de uppercut. Ze stopte met sjorren aan de polsen en fluisterde, haar mond dicht bij het fraaie rechteroor van Carla: 'Ik ben blij dat je hem hebt gedumpt. Jij bent Peter niet waard. Jij bent een ordinaire snol.'

Als door een wesp gestoken veerde Carla op. Ze duwde Vera ruw van zich af. Had het salontafeltje op zijn oorspronkelijke plaats gestaan, Vera was er ruggelings over gevallen.

'Wat weet jij van je zoon af?' riep het meisje, dodelijk geraakt, en met een blik die zelf kon doden. 'Hij is een lieve gast, meer niet. Niet bijster slim en zelden grappig. Niets interesseert hem, behalve voetbal kijken en luisteren naar oubollige muziek. En hoe die jongen eruitziet? Was ik zijn moeder, ik schaamde me dood. Dat lange piekhaar, die domme baard van hem, die sjofele hemden, die gescheurde jeans, die afgetrapte leren slippers, die hij zelfs in de winter draagt — wie denkt hij dat hij is? De laatste van de hippiestam? Eerst vond ik het wel cool. Ik dacht dat het satire was, een pose, en hij een soort rebel, tegen het nieuwe conformisme van de techno- en de housemuziek. Maar jouw Peter is gewoon zo. Hij weet niet beter. En zal ik je nog wat zeggen? Hij stinkt. Jouw zoon wast zijn oksels zelden en zijn voeten nooit. In jullie jeugd was dat normaal, als ik Walter mag geloven. In deze en alle andere tijden is het afstotelijk en belachelijk. En hoe je oogappel de liefde bedrijft? Als hij daar al zin in heeft? Daarover zal ik maar in alle talen zwijgen. Veel valt er sowieso niet te vertellen. Er staat maar één vraag huizenhoog overeind: van wie kreeg Peter de genen mee om uit te groeien tot zo'n sukkel? Van zijn vader alleszins niet. Dat geef ik je op een briefje.'

Vera was eerst te verbouwereerd om wat dan ook in te brengen tegen deze nieuwe waterval van woorden. Maar gaandeweg begon haar gekrenkte moederhart opnieuw te kolken.

Haar woede werd evenwel getemperd door haar machteloosheid. Ze wist dat Carla gelijk had in de bijtende kritiek op haar zoon. Ze had zelf al meer dan twee jaar hoogoplopende ruzies met haar eeuwig puberende Peter. Over zijn kleren en zijn spijbelen, over zijn sloomheid, die onmiskenbaar samenhing met de geur van cannabis die ze nu en dan ontwaarde als hij op de speelzolder zat te prutsen aan zijn dure gitaar, waaraan hij overigens na al die tijd nog niet veel samenhangends kon ontlokken. Haar oogappel, inderdaad — dat was hij vroeger. Nu wist Vera niet meer wat hij betekende voor haar, en zij voor hem.

Walter keek niet meer naar Peter om. Misschien was dat nog het beste. Het was in elk geval het gemakkelijkste. Vera wist niet meer wat ze moest doen als moeder. Ze had alles geprobeerd. Van negeren tot stimuleren, van ruziemaken tot vleien. Ze drong gewoon niet tot hem door, hij liet haar niet toe, schermde zich af. Tegelijk verafgoodde hij de tijd waarin zijn ouders waren opgegroeid, en waarvan hij alleen de uiterlijkheden herhaalde. Misschien hadden ze hem van kleins af aan te vaak de oren van het hoofd gezanikt over hun bonte belevenissen en hun pikante avonturen in verafgelegen oorden. Maar waarom deed hij dan niet hetzelfde?

Dat zou Vera — ondanks haar dodelijke ongerustheid mocht hij metterdaad zijn rugzak pakken en aankondigen dat hij naar India vertrok — beter begrijpen dan deze lethargie van hem, dit eindeloze dagdromen, dit wegzakken in jointjes en zelfbeklag. Hij liep een beetje voorovergebogen, alsof hij een bochel kweekte, schichtig om zich heen kijkend, gehuld in zijn onafscheidelijke parka en palestinasjaal, alsof hij als enige het cliché van de alternatieveling had hoog te houden. Hoe kon een zoon van haar zo voorspelbaar zijn?

En het ergst van alles: hij stonk inderdaad. Als Vera daar iets van durfde te zeggen, liet hij een knallende scheet en ging, zonder haar nog een woord waardig te achten, weer prutsen aan zijn gitaar. Zij, alleen achterblijvend, voelde zich schuldig omdat ze hem niet achternaliep om hem de levieten te lezen. En als ze het toch deed, voelde ze zich nog schuldiger, omdat ze zich aanstelde — met haar wijsvinger zwaaiend en alles — als het soort moeder dat ze zich had voorgenomen nooit te worden. Toch was ze mettertijd dat soort moeder geworden. Peter had haar ertoe gedwongen. Als je een vinger verbrijzelt, zal hij bloeden. Zo bloedde Vera ook. Omdat ze niet anders kon. Omdat Peter haar langzaam en voorzichtig verbrijzelde. Het was niet mooi om te zeggen, maar op haar kwaadste momenten haatte ze hem daarom. En daar leek hij nog extra genoegen in te scheppen ook.

Maar nu haar kind onder vuur kwam te liggen, door toedoen van iemand die hem bovendien belogen en bedrogen had, nam Vera hem onvoorwaardelijk in bescherming.

En de beste verdediging is de aanval.

'Nu is het genoeg geweest,' zei Vera. Uiterlijk slaagde ze erin haar kalmte te bewaren. 'Ik laat mijn kind niet beledigen onder mijn eigen dak. Eruit! Ga naar zijn vader, en wentel je samen met hem in jullie leugens en jullie bedrog, als varkens in een trog vol drek, en wacht maar af hoe het jou zal bekomen zodra de nieuwigheid eraf is gebladderd.' Ze straalde minachting en gratie uit. 'Kijk maar uit!'

Carla stond schaapachtig te lachen. 'Is dit een dreigement? Wie ga je op ons af sturen, Vera? Je advocaat? De overspelpolitie? Doe maar. Walter wíl een scheiding. Hij heeft me het verloop van dit gesprek voorspeld, en jouw pathetische reactie. Ik wilde hem niet geloven. Heb ik me even vergist, zeg!'

Vera liet zich niet intimideren. Ze zette een stapje in Carla's richting. 'Mijn lieve schat, jou hoef ik niet te bedreigen. Jouw kwelling komt vanzelf en wel heel snel. Als hij weer in je armen ligt te lallen, weet dan dat ieder van zijn zinnen reeds gediend heeft om een ander te beminnen. De meest geheime streling, zogezegd voor jou gereserveerd, heeft hij geleerd van mij. De vrouw die hij van nu af aan zal bestrijden met processen — en zij hem. Er is niets wat het leven meer ondermijnt dan een slepend proces. Welaan, ik zal ieder middel in stelling brengen, elke procedureregel, al moesten we eindigen voor het Europees Hof. En wat blijft jou intussen over om te doen? Het kweken van een prachtige paranoia. Probeer maar eens, bij elke schoonheid die passeert — ze kan een vreemde zijn, maar meestal is het een vriendin — zijn blik te volgen en zijn drang te raden. Wat hij ook doet, hij heeft het al gedaan. Een vrouw versieren én een vrouw verraden. Denk jij dat het jou beter zal vergaan?'

Carla lachte al heel wat minder schaapachtig. De boodschap kwam aan. 'Jij bent gewoon jaloers,' zei ze. 'Ik bezit wat jij nooit meer zult bezitten. Zijn aandacht, zijn attenties en zijn kracht.'

Vera lachte luidkeels. Een gemene, oprechte, cynische lach. 'Zijn kracht?' Ze zette weer een stapje dichterbij. 'Ik kreeg tenminste nog een echte man. Jij krijgt een doodvermoeide versie ván. En toch: zijn vonnis kan zich elke dag voltrekken. Eén rimpel, één gebrek is al voldoende. Of denk je werkelijk dat jij hem boeit door jouw persoonlijkheid?

Door jouw ervaring? Of nee: het is jouw talent! Wat doe je ook alweer in het leven, voor de kost?'

Carla schudde haar hoofd. 'Het was zó'n ongelooflijk vette fout om hiernaartoe te komen.' Maar in plaats van weg te gaan, bleef ze staan. Trots, het hoofd geheven. Ook zij lachte opnieuw. Niet cynisch of schaapachtig. Veel erger. Vol medelijden.

Vera werd er woest van. Voorlopig kon ze zich beheersen. Ze zette nog wel een stapje dichterbij. 'Jij hebt kritiek op mijn zoon? Ik héb er tenminste een. Jouw kinderen — indien Walter er nog in slaagt iets te verwekken wat daarop wil trekken, want zo goed is zijn gezondheid niet, hij heeft al stents moeten laten plaatsen, roken zou hij al jaren niet meer mogen doen, zijn cholesterolgehalte is problematisch, en ook zijn lever is niet meer wat hij ooit was — maar goed: jouw kinderen? Die krijgen als vader een uitgebluste grijsaard, versleten voor zijn tijd. En wat krijgt hij? Jouw jeugd, jouw zorgeloosheid. En op zijn sterfbed een verpleegster die hij niet hoeft te betalen.'

Wat was er veranderd? Carla schaterde. Ze leek niet kwaad of aangeslagen meer. Ze deed, opnieuw hoofdschuddend, ook zelf een stap naar voren, tot ze oog in oog met Vera stond. Ze leek het allemaal opeens maar een spel te vinden. 'Mijn God,' zei ze. Bedaard, bijna fluisterend, en weer boordevol compassie. Hun neuzen raakten elkaar bijna. 'Wat Walter over jou vertelde — jouw zoon trouwens ook — is niet eens waar. Ik had een manipulerende dragonder verwacht. Een onvoorspelbare feeks. Wat tref ik aan? Een tranerig viswijf dat 's morgens vroeg al naar whisky riekt. Jij hebt weer hulp nodig, Vera. In je bovenkamer. Hoe die arme Walter het zo lang met jou heeft volgehouden? Die man is een held. Ik zal niet toelaten dat jij hem te gronde richt. Hij zit om de hoek op mij te wachten in de auto, hij is als de dood voor jou. Ik niet. Ik kom voor zijn belangen op. Ik, samen met mijn vader. Die is advocaat, in Brussel. Avenue Louise. Gespecialiseerd in echtscheidingen.' Ze maakte met haar rechterhand een cirkelbeweging in het ijle, terwijl ze om zich heen keek. 'Dit huis behoort Walter toe. Hij is er enorm aan gehecht.'

Vera voelde haar gezicht verstarren. 'Ach zo! Is dat waar het jou en Walter om te doen was? Van begin af aan? Het huis?'

Carla knikte ongegeneerd. 'Mijn vader brengt het wel in orde. Goedschiks, kwaadschiks. Voor mij doet hij alles. Zo gaat dat bij goede ouders en hun kinderen. Die begrijpen en steunen elkaar, door dik en dun. Maar wees gerust. Hij zal zorgen voor een mooie afkoopsom.'

Vera: 'Over mijn lijk.'

Carla: 'Je haat dit huis. Geef het dan op!'

Vera: 'Ik brand het nog liever af, tot op de grond.'

Carla: 'Waarom? Je hebt het steeds verafschuwd.'

Vera: 'Precies daarom.'

Carla: 'Je bént gek, Vera.'

Vera: 'Juist niet, lief kind. Juist niet.'

Zo luidden de laatste replieken die ze wisselden. Ze keken elkaar nog altijd van dichtbij aan. Er kon van alles gebeuren. Er gebeurde niets. Toch niets opzienbarends. Carla haalde haar schouders op, draaide zich om en liep het salon uit. De voordeur viel kort daarop met een daverende klap in zijn nieuwe slot.

Vera bleef nog een hele tijd onbeweeglijk staan, als was ze aan de grond genageld. Toen gooide ze eerst de lege tumbler, daarna haar volle waterglas tegen de muur kapot.

Naast de schilderijen. Zo onbesuisd was ze nu ook weer niet.

Met de glazen gooien had haar deugd gedaan. Voor de rest vervloekte ze zichzelf. Ze was ridicuul zwak geweest. Ze had de verleiding niet kunnen weerstaan om de deur te openen, en ze had zich laten overvallen door een argeloos uitziend meisje, dat zich — zoals te verwachten en te voorzien was — had ontpopt tot een serpent, ofschoon vermomd als Lolita op latere leeftijd.

Het enige wat Vera nog een beetje vreugde schonk, was een zurig leedvermaak bij de gedachte aan de toekomst die de arme Walter te wachten stond met dit langbenige reptiel. Hoe lang kon het duren voor hun amourette zou verkeren in een hellevaart van misverstanden en verwijten, van miskramen en — nog erger — een echte zuigeling. Hopelijk werd het ineens een tweeling, die Carla's beide borsten en al haar aandacht zouden monopoliseren, en die met hun nachtelijk gebrul de laatste resten wellust in Walter voorgoed zouden doen wegkankeren. Eigen schuld, dikke bult. Wat had hij dan gedacht? Dat hij met deze halve snol zou slagen in wat na zo veel jaren toch nog was mislukt met Vera? En we zullen nog wel eens zien, verkneukelde Vera zich — terwijl ze zich toch ook schaamde voor zo'n kinderachtige gedachte — hoe groot het geduld van Carla is, met of zonder zuigeling, als ze dag in, dag uit haar uren deelt met Walter. Dat werd geen pleziertocht in het paradijs. Hij was een man met een handleiding. Een instructieboekje uit een voorbije tijd. Veel succes ermee!

Tot bedaren gekomen had ze uit de keuken stoffer en blik tevoorschijn gehaald, om de glasscherven op te ruimen. Het pleisterwerk had geen beschadigingen opgelopen, een paar putjes, amper zichtbaar. De waterspatten droogden wel weer zonder sporen op. Ze wilde net op haar knieën gaan zitten om de scherven bijeen te vegen toen de deurbel opnieuw rinkelde.

Meteen stond ze weer te stomen van de haat.

Wat denkt dat verwende nest, dacht ze. Dat ik mij een tweede keer in de luren laat leggen? Ze keek rond om te zien of Carla een of ander kledingstuk had vergeten. Dat wilde ze haar wel nog snel in de handen drukken. Meer hoefde dat kind niet van haar te verwachten, nu niet, nooit.

Ze zag niets op of onder de fauteuil. De deurbel rinkelde inmiddels een tweede en een derde keer. Hoe is het mogelijk, dacht Vera. Walter was duidelijk niet de enige met een handleiding. Straks pasten hij en dat wicht toch nog bij elkaar. Ze stoof op de voordeur af.

Ze rukte de deur open en kreeg de schok van haar leven.

Voor haar stond Walter, maar dan zoals hij was in zijn jonge jaren. Die mooie kin en kaaklijn. Dat korte stevige haar, die zinnelijke mond. Een jonge god uit een vervlogen tijd. Alleen stonden zijn prachtige ogen veel te waterig, waren zijn schouders iets te smal en droeg hij een raar zwart pak. 'Waarom zijn de sloten veranderd, ma?' Het was Peter.

Hij was, behalve goed geschoren en behoorlijk geknipt, ook zichtbaar moe en zielsgelukkig. Hij besteedde in één minuut meer woorden aan zijn moeder dan de afgelopen weken bij elkaar. Hij was dus waarschijnlijk ook nog zo stoned als een gieter. 'Wat denk je, ma? Zeg het maar eerlijk, hoor.' Hij draaide om zijn as, giebelend. 'Ik heb mij op de festivalweide laten scheren als een schaap, en dat kostuum is van wijlen de grootvader van een vriendin. We gaan een band beginnen! In de stijl van Elvis Costello. Maar wees gerust, niet hier. Ik kom alleen maar mijn gitaar halen. Ma? Waar loop je naartoe? *(haar achterna roepend)* Ben je aan het janken of zo? *(lachend, hoofdschuddend)* Jezus christus, zeg. Dan *láát* een mens een keer zijn haar knippen!' *(naar binnen lopend en de deur achter zich sluitend)*

Op een redactie, in het hart van Brussel, en in verwarring

'Die MiG bestaat wel degelijk,' zei Robert Delmotte, 'hij vliegt straks boven Antwerpen.' Dertig jaar geleden was hij manusje-van-alles op de regionale redactie van Dendermonde, nu was hij adjunct-hoofdredacteur in Brussel. 'Al mijn bronnen zijn pertinent.' Hij stond zich op te winden in het kantoor van zijn twintig jaar jongere hoofdredacteur, Sven Bauwens. Die had een blitzcarrière gemaakt als de jongste CEO ooit van een familiebedrijf dat al decennialang staaldraad en gevlochten kabel verkocht, van Singapore tot São Paulo.

In vijf jaar tijd had Bauwens het bedrijf op de beurs geïntroduceerd, het personeelsbestand gehalveerd, de winst verdubbeld en de familie eruit gewerkt.

De bedrijfsnaam had hij gehandhaafd.

Acht maanden geleden had Bauwens een overstap naar de print media gewaagd, na een gunstig rapport van een Brits headhuntersbureau, het fiat van de algemene aandeelhoudersvergadering van de krantengroep en een verdubbeling van zijn loon. In het enige interview dat hij toestond liet hij optekenen: 'Ik doe het voor de kick. Ik was uitgekeken op staaldraad.' Dat hij geen ervaring had in de journalistiek noemde hij een voordeel. 'Hoe minder ik weet, hoe frisser de wind die ik kan laten waaien.'

De jongste hoofdredacteur van het land was een boomlange vrijgezel, altijd sportief gekleed en kaal als een bowlingbal. Zijn wenkbrauwen en zijn wimpers leken een aberratie, zozeer flatteerde zijn kaalheid hem. Zeker sinds hij zich een zonnebank had aangeschaft. De verwachtingen in hem waren hooggespannen. Hij moest de krant aantrekkelijk maken voor een jong publiek, onontbeerlijk voor de trouwe lezer, en opnieuw winstgevend voor zijn opdrachtgevers. Dit laatste ondanks de recente komst van het eerste Vlaamse commerciële televisiestation, dat een steeds grotere hap nam uit de reeds karige advertentiebudgetten die gangbaar waren in het vaderlandse bedrijfsleven.

In acht maanden tijd had Bauwens de krant al van formaat en de weekendbijlage van naam doen veranderen. Ook had hij twee fotografen, evenveel redacteuren, zes freelancers en de enige cartoonist de laan uit gestuurd. ('Sommige zaken koop je beter op de internationale markt.') Nieuwe abonnees had hij een exclusieve kalender cadeau gedaan met foto's van The Police. De enige groep die populair was bij zowel yuppies als rockers en bakvissen. Drie vissen in één fuik.

De stijging van het aantal verkochte exemplaren en advertenties bleef aan de magere kant. 'Geduld!' had Bauwens de voorzichtige kritiek weggelachen bij de eerste tussentijdse evaluatie ten overstaan van zijn voltallige redactie, waarvan in de komende maanden opnieuw tien procent zou worden wegbezuinigd. Een publiek geheim dat in concurrerende kranten vol verontwaardiging werd veroordeeld, uit angst voor copycatgedrag van de eigen directie. 'Goede investeringen dragen trage vruchten.' Bauwens werd aangestaard door redacteurs, van wie sommigen zijn vader hadden kunnen zijn. 'Met staaldraad was dat ook zo. Om nog maar te zwijgen van gevlochten kabel.'

In zijn kantoor, waarvan de deur te allen tijde openstond, had hij een grote poster laten ophangen, zonder lijst en met een kloeke belettering: 'Meer doen met minder!' Eenieder die passeerde zag eerst de slogan en dan pas de hoofdredacteur, die daaronder druk doende was met telefoneren. Meestal met zijn beide voeten op zijn bureau en met een cocktailprikkertje tussen zijn tanden.

De voeten van Bauwens bevonden zich thans op de vloer-bedekking onder zijn bureau, en het prikkertje lag half kapotgekauwd voor hem, in de asbak die hij daarvoor re-serveerde. 'Wie zijn die bronnen van jou dan wel?' vroeg hij aan zijn senior advisor en adjunct-hoofdredacteur, Robert Delmotte. Een veteraan van menig Midden-Oosten-conflict, één Centraal-Afrikaanse genocide en alle journa-listenstakingen van de afgelopen dertig jaar. Hem accep-teren als rechterhand was de enige toegeving die Bauwens had gedaan aan de redactieraad. Hij had er nog elke dag spijt van. Hij zocht al weken naar een aanleiding om hun wederzijdse wantrouwen te doen escaleren tot een onver-zoenbaar conflict. Vandaag was het misschien zover. Ein-delijk.

Robert Delmotte keek inmiddels naar zijn hoofdredac-teur zoals naar een militieleider in Sierra Leone. Op zijn hoede en met onderkoelde haat. 'Mijn bronnen zijn geheim. Zo gaat dat in ons vak.' Een privéleven bezat Delmotte niet meer sinds zijn derde scheiding. 'Ik heb er gewoon geen ta-lent voor,' verzuchtte hij tegen de weinigen van zijn fami-lieleden en vrienden die nog in leven waren. Hij was lelijk en gedrongen, versleten voor zijn tijd, behaard tot op zijn rug, vaste klant in twee hoofdstedelijke bordelen, Loge-broeder bij het Grootoosten van België en bezitter van een aantal verslavingen, waaronder cafeïne en nicotine. De belangrijkste beroepsziekte van journalisten, een drank-probleem, was hem bespaard gebleven. Iets in zijn erfelijke constitutie beschermde hem. Hij mocht innemen zoveel hij wilde, op dagelijkse persrecepties of wekelijkse afterparty's in de Logetempel, nooit zag iemand Delmotte lallend naar huis toe strompelen. Hoe meer hij dronk, hoe waardiger en meer gefocust hij juist werd.

En vanmorgen was hij bijzonder waardig en gefocust. Hij had geen oog dichtgedaan. Bij twee flessen Italiaanse wijn uit '69 had hij de balans van zijn leven opgemaakt en was tot de conclusie gekomen dat hij zich bij de krant ofwel moest laten ontslaan, met een gouden handdruk erbovenop, ofwel moest laten benoemen tot hoofdredacteur, als vervanger van de incompetente bedrieger die daar nu zat. Hij moest alleen nog een dossier vinden waarmee hij die parvenu spectaculair kon overvleugelen.

Misschien kondigde zo'n silver bullet zich zelfs nu al aan, met deze naderende Sovjetmiskleun. Wat had Delmotte te verliezen? Als dit niet werkte, kwam er morgen een andere kans. Dat was het voordeel van de actualiteit. Een nieuwe dag, een nieuwe ramp. Hij moest elke ochtend vuren op zijn tegenstander, tot hij een voltreffer scoorde. Of tot de herhaalde kogelregen zijn langzame sloopwerk verrichtte. Geen bolwerk houdt het vol om dagelijks te moeten incasseren.

'Je kunt moeilijk verwachten,' zuchtte hoofdredacteur Bauwens, over zijn glimmende en diepgebruinde schedel strelend, 'dat ik voor één loos gerucht de planning overhoop gooi. Ons vernieuwde sportkatern is nog altijd een zootje, het politieke krakeel in de Wetstraat loopt gewoon door, en het lanceren van onze lifestylepagina eist de rest van de aandacht op. We kunnen geen enkele redacteur missen voor zo'n spookvliegtuig.'

'Spookvliegtuig?' Delmotte lachte. Waardig en gefocust. 'Mijn verhaal is bevestigd door mijn contacten bij Binnenén Buitenlandse Zaken. En wat zeggen uw contacten? In welk ministerie dan ook?' Delmotte genoot van de stilte die woorden als deze opriepen bij zijn jeugdige hoofdredacteur. Hij gaf hem niet de kans om op adem te komen.

'Er scheert een onbemand Russisch tuig door het westerse luchtruim. Onze kant op. Zijn bewapening is onbekend, zijn doel onduidelijk. Volgens de specialisten vliegt het op automatische piloot totdat het ergens, waar dan ook,

neerstort bij gebrek aan brandstof. Op zich al een halluci-
nant gegeven, maar vooral een symbool van een verloren
halve eeuw. Voor het eerst in veertig jaar Koude Oorlog,
met al zijn terreurpsychoses en zijn ideologische verdacht-
makingen, wordt het westerse luchtruim metterdaad ge-
schonden. Uitgerekend op een moment dat in Polen de hel
dreigt los te breken en de Sovjet-Unie in haar geheel klaar-
staat om te exploderen, of te imploderen, niemand die het
weet. En wat gebeurt er? Helemaal niets. Onze bevolking
wordt in het ongewisse gelaten, en alle militairen tasten in
het duister. Er is nog niet één contact geweest met de Sov-
jets, of om het even welke satellietstaat. De MiG wordt weliswaar geëscorteerd door twee Amerikaanse F-15's die de
opdracht hebben om hem neer te halen als hij op een stad
dreigt neer te storten, maar niemand durft de internationale gevolgen in te schatten als de Amerikanen dat ook inderdaad doen. Bij de grens met Frankrijk hangt inmiddels
een eskadron Franse jagers klaar om alle vliegtuigen, Amerikaanse inbegrepen, uit het zwerk te schieten die hún grenzen schenden. Brussel leek een tijdje het eindstation, Rijsel
ook. Thans wijzen alle prognoses op een neerstortscenario
in de Noordzee, tussen nu en...' Delmotte keek even op zijn
horloge. Voor de show. Hij wist precies hoe laat het was. Hij
wilde Bauwens alleen maar even inwrijven hoe gruwelijk
efficiënt de versleten Delmotte nog was. 'Een halfuur. Dat
geeft ons dertig minuten voorsprong op onze concurren-
ten. Eigenlijk een vol uur, voor ze van hun verbijstering
zijn bekomen. Dit wordt een zaak van jewelste! En een uit-
gelezen kapstok om relevante vragen te stellen. Sinds de
Cubaanse rakettencrisis gelooft iedereen in het fabeltje van
Kennedy en Chroesjtsjov. Wat gebeurt er bij malheur of
misverstand? "Tussen Oost en West rinkelt een rode telefoon, en het Witte Huis strijkt glimlachend alle plooien glad
met het Kremlin!" Niet dus. Het is veertig jaar lang allemaal

één gigantische, angstaanjagend amateuristische façade geweest. Om maar te zwijgen van de Babylonische spraakverwarring die aan ónze kant heerst: het Belgische leger, de Rijkswacht, de staatsveiligheid, de lokale politie, de federale bewindsdragers, de gouverneurs, de deelstaatpotentaten... Ofwel weten ze van niets, ofwel zijn ze, niet zelden in onze drie landstalen en in twintig van onze honderden dialecten tegelijk, aan het discussiëren over wie de bevoegdheid mag opeisen over het Belgische luchtruim. Is de Taalgrens ook van kracht op vierduizend meter hoogte? En wat wordt de hiërarchisch correcte procedure, mocht zo'n vijandig vliegtuig toch neerstorten in een van onze akkers vol bloemkolen en hoppescheuten? We zijn hier simpelweg niet op voorbereid, als miniatuurnatie noch als zogenaamde grootmacht. Ondanks alle belastingen die alle ministeries van Landverdediging wereldwijd al jaren afpersen van al hun burgers, en ondanks de pretenties van de Navo en de Shape en de Europese Unie, is onze veiligheid zo lek als een mandje. Dát moeten we schrijven. Dat is onze plicht, ten aanzien van onze lezers. Als we er nu aan beginnen, verslaan we de sukkels van de concurrentie met een straatlengte. Doen we dat niet, zullen de directieleden het ons nooit vergeven. De aandeelhouders nog minder.'

Hoofdredacteur Sven Bauwens keek zijn adjunct aan. Zonder zijn blik af te wenden haalde hij, werktuiglijk, uit zijn binnenzak een gloednieuw cocktailprikkertje tevoorschijn. 'Interessant,' zei hij, achteroverleunend, het prikkertje in een mondhoek plantend. 'En welke invalshoek stel je voor als human interest?'

'Human interest?' Delmotte schoot in de lach. 'We hadden op dit moment al in de schaduw kunnen staan van een paar dozijn atoompaddenstoelen. Hoeveel meer human interest wilt u hebben?'

'Als ik het goed begrijp,' zei Bauwens, die zijn beide voeten weer op zijn bureaublad liet rusten, 'scheert dat toestel, geflankeerd door twee andere gevechtsvliegtuigen, op dit moment door het Duitse luchtruim?'

'Inmiddels,' zei Delmotte, met een grijns op zijn horloge kijkend, 'reeds het Nederlandse.'

'Zijn er, bij jouw weten, gealarmeerde Duitse of Nederlandse burgers die uit zichzelf iets hebben opgemerkt? Die erover hebben gebeld naar ministeries, radiostations, familieleden, noem maar op?'

'Natuurlijk niet,' zei Delmotte. Zijn grijns maakte al plaats voor een misnoegde trek. 'Ze vliegen te hoog. Dat is juist het punt. De belangrijkste zaken gebeuren altijd achter onze rug, of hoog boven onze hoofden.'

'Als de gewone burger iets niet merkt,' zei Bauwens, met zijn prikkertje zwaaiend als met een wijsvinger, 'ligt hij er ook niet wakker van. En als hij er niet van wakker ligt, welk aanknopingspunt hebben wij dan? Stel, jouw vliegtuig stort neer in zee, zelfs dicht genoeg bij de kust om er iets van te merken. Dan heb je voldoende ophef voor één etmaal ramptoerisme en twee edities lang een redelijke stijging van de dagverkoop. 's Anderendaags haalt iedereen zijn schouders op, een week later is men het voorval vergeten.'

Delmotte, geërgerd: 'Niet als wij zo'n gebeurtenis van de juiste context voorzien. En als wij het doen, moeten alle anderen volgen.'

Bauwens, lachend: 'Je kunt mensen niet iets aansmeren wat ze niet al bezighoudt, daarvóór.'

Delmotte, steeds nijdiger: 'Als ik het goed begrijp, moeten we bidden dat het vliegtuig zo laag mogelijk over ons heen scheurt? Zodat we morgen de krant kunnen vullen met de telefonische verslagen van ooggetuigen die toevallig uit hun raam hingen om hun begonia's water te geven? Misschien moeten we op goed geluk zelf een dozijn lezers opbellen, met de vraag of zij onze reportages niet willen schrijven.'

Bauwens, geamuseerd: 'Een schitterend idee! Ga je gang! Doe een blinde greep uit de telefoonnummers van onze abonnees.'

Delmotte: 'Voor zoiets mogen we die niet gebruiken.'

Bauwens: 'Waarom niet? Die mensen zouden dat heerlijk vinden.'

Delmotte: 'Het is tegen de wet op de privacy. Het is hier niet de Sovjet-Unie.'

Bauwens: 'Had de Sovjet-Unie haar krantenkolommen laten vullen door gewone lezers, ze zou er heel wat beter voorstaan. Hetzelfde geldt voor jou. De artikelen die jij voorstelt, wil je schrijven voor jezelf en je vrienden uit de Loge, en niet voor je echte werkgever. De man in de straat. Hij betaalt je huur en je rekeningen. Hem moet je zien te interesseren. Al dat geëmmer over veertig jaar dit en IJzeren Gordijn dat? Communisme zus, Navo zo? De hardwerkende burger heeft daar geen boodschap aan. Die is dat gekonkel hartgrondig beu.'

Delmotte: 'Gaat u mij de les lezen? Volgend jaar zit u aan een ander bureau en verkoopt u weer iets anders, van biologische staalwol tot gevlochten paardenstaarten.'

Bauwens: 'Best mogelijk. Maar ik zál die staalwol verkopen. Bij bakken. En jij zult hier nog altijd geagiteerd en giftig rondlopen, omdat de honden geen brood lusten van de hobby die jij verslijt voor je werk. En weet je wat de ware tragedie is, Delmotte? Als je werkelijk wilt dat je "analyses" gelezen worden, plaats ze dan naast de volkse getuigenverklaringen waar jij zo van gruwt. De vraag is, of je zo veel nederigheid kunt opbrengen.'

Delmotte: 'De vraag is, of u überhaupt iets anders wilt publiceren dan de masturbatie van burgers die u in de steek laat, onder het mom dat u hun de ultieme vrijheid schenkt.'

Bauwens: 'Als alleen jij bepaalt wat vrijheid inhoudt, ís het dan wel vrijheid? Of een ultieme vorm van masturbatie?'

Tot een verdere confrontatie kwam het niet, want de telefoon rinkelde.

'Het is voor jou,' gromde Bauwens, de hoorn aan zijn adjunct gevend. Geamuseerd was hij al lang niet meer. Zijn schedel glom, onnatuurlijk bruin. 'Wel?' snauwde hij, toen hij zag dat zijn adjunct de hoorn al snel liet zakken. Delmottes gezicht was lijkbleek, maar zijn blik stond bizar triomfantelijk. 'Wat is er zo fucking belangrijk dat het moet worden doorgeschakeld naar mijn bureau?'

'De MiG heeft vervroegd zijn daling ingezet,' zei Delmotte schor. 'Hij haalt de Noordzee niet. Hij stort zo dadelijk neer op Kortrijk.'

Op straat,
in de auto,
en in haast

Vera Van Dyck verliet in haar rode Volkswagen Golf de cirkelvormige oprit die ze altijd zo potsierlijk had gevonden. Ze reed de landelijke straat op die ze zozeer had leren haten en die ze binnenkort maar weinig meer zou hoeven zien. Hetzelfde gold voor de Moorse fermette die wegdraaide in haar achteruitkijkspiegel en die ze zo snel mogelijk wilde ontruimen en op de verhuurmarkt gooien. Dat huurgeld zou, samen met de riante alimentatie die ze van plan was te eisen, de basis vormen van haar nieuwe bestaan. In het centrum van de hoofdstad. Vlak bij haar werk, zoals ze altijd had gewild.

Ze keek er al naar uit. Met de tram naar kantoor. Nee, te voet!

Nooit had ze mogen dulden dat ze zich op het platteland liet opsluiten in de droom van iemand anders. Geen liefde en geen gezin waren belangrijk genoeg voor zo'n vorm van zelf- verloochening. Als Vera eerlijk was? Na al die jaren? En na de ontnuchtering van Walters telefoontje vanmorgen? En na de confrontatie met zijn 'Carla'? Dan kon ze maar één ding bekennen. Ze had van begin af aan het gevoel gehad dat ze vaandelvlucht pleegde door hier te komen wonen. Zij en Walter hadden de parvenuvluchteling uitgehangen, de problemen van de metropool vergrotend door ervan weg te lopen, om vervolgens vanuit hun veilige, snobistische nest minachtend neer te kijken op die kolkende, stinkende, Babylonische binnenstad, nog geen honderd kilometer ver- derop. Met zijn verkeersopstoppingen en zijn bedelaars, zijn morsige nachtwinkels, zijn Arabieren en zijn junks. Zij en Walter hadden de bruisende navel van de natie verloochend

— in ruil voor wat? Voor twee uur tijdverlies in de file, elke werkdag weer. Voor een bakstenen koekoeksklok met ornamenten uit Granada en een tuin die zo veel onderhoud vergde dat je nooit eens toekwam aan genieten. Voor de zogenaamde charmes van de boerenbuiten, die neerkwamen op gekmakende verveling, invasies van alle mogelijke insecten en hemeltergende banaliteit, verpakt als arcadische pais en vree.

Gedaan met dat zelfbedrog. Voortaan zou ze de lasten van Brussel aanvaarden, alle gevaren inbegrepen, omdat ze eindelijk ook deel wilde hebben aan de overdadige lusten ervan. Opera, musea, festivals en luxueuze winkelstraten. Hippe restaurantjes waar je tot middernacht kreeft en oesters kon bestellen. Bars en dancings waar je echte mensen kon ontmoeten, interessante passanten, intrigerende grootstedelingen, in plaats van de genetische randautisten uit deze streek, die — gefortuneerd of niet — nog maar net van hun voorvaderlijke akkers leken weggeplukt, en die een dialect spraken waar ze na al die jaren nog steeds geen kop of staart aan kreeg. Als ze hun mond al opentrokken. Dat vond Vera nog het ergste. Dat bokkige, achterdochtige zwijgen van de dorpelingen. Alleen wie er nooit mee geconfronteerd werd hield het voor ouderwets respect. Niet elke vorm van reserve wees op verfijning of beleefdheid. Ook achterbaksheid en primaire vreemdelingenhaat konden het stellen met verduiveld weinig woorden.

Afgelopen! Kruis erover! Vera had recht op een nieuwe start. Maar voor het zover was, moest al het papierwerk geregeld worden. Ze nam de dreiging van dat meisje en haar advocatenvader serieus. Ze had daarnet telefonisch een afspraak gemaakt met haar eigen advocaat. Voor ze die ontmoette zou ze langs de bank gaan om de kluis leeg te halen. Een race tegen de klok, allicht. De toekomstige schoonvader zou Walter natuurlijk aanraden om hetzelfde te doen.

Of om in elk geval de bank telefonisch te waarschuwen en de kluis te laten verzegelen.

Zover mocht Vera het niet laten komen. Wat in die kluis lag, kwam in de eerste plaats haar toe. Hun gezamenlijke waardepapieren, de oorspronkelijke aankoopakte van de grond — gekocht met haar erfdeel! — alsook de twintig gouden Krugerrands van wijlen haar tante Zenobie, die steenrijk en kinderloos het tijdelijke met het eeuwige had verwisseld. Niet dat ze Walter in staat achtte iets achterover te drukken — voor die Carla van hem stak ze evenwel haar hand niet in het vuur. Ze wilde Walter op geen enkel vlak bedotten of benadelen, maar bij een verdeling hield ze de troefkaarten graag zelf in handen. Dat was zelfs haar goed recht.

Hij was vreemdgegaan. Niet zij.

Ze was bij het einde van de straat aangekomen en wilde naar rechts afslaan. Tot haar ergernis bleek dat onmogelijk. Een tractor versperde plompverloren de doorgang. Zijn laadkar stond gedeeltelijk een akker op geduwd en werd met grote rollen hooi beladen door twee jonge boeren. Elk met een ouderwetse riek en een baseballpetje van de New York Yankees. Hun gespierde blote tors lekte van het zweet. Twee glanzende lijven in de vroege zomerzon. 'Een minuutje, madam'tje! Een minuutje!' lachten ze Vera toe. Duidelijk niet van plan hun tractor te verzetten voor de klus was geklaard.

Ze wáren nagenoeg klaar, zag Vera. Ze kon links afslaan, maar ook die omweg zou het nodige tijdverlies opleveren. Dus besloot ze maar te wachten. Ze zette de motor af. Tegen haar zin berustend — ze kende de koppigheid van de weinige nog resterende boeren — maar met een aanzwellend voorgevoel. Deze kalmte beviel haar voor geen meter. Toch zette ze de autoradio niet aan. Ze wilde haar gedachten nog één keer ordenen zonder afleiding.

Stond die tractor misschien daarom hier? Om haar nog eenmaal de kans te bieden zich te beraden? Had ze daarom ook dit benauwende gevoel op haar borst? Een beklemming die des te groter leek omdat ze zo in contrast stond met de strakblauwe, wijd open hemel die — toegegeven — het tafereel van twee jonge, hardwerkende, blije boeren een melancholische toets verleende? De leeggehaalde akker achter hen, rullig en vol stoppels, trilde van de hitte. Een zwerm spreeuwen streek neer, duiven zaten al verspreid te pikken. Afgezien van de tractor en de baseballpetjes: een tableau uit een lang vervlogen tijdvak. De stoffige geur van het hooi droeg daaraan bij.

Vera stapte uit en leunde met haar rug tegen de zijkant van de auto, met gesloten ogen naar de zon toe. Ze liet zich door de stralen koesteren. Voor het eerst sinds ze ermee gestopt was, jaren geleden, zwanger en wel, had ze moorddadig veel zin in een sigaret. Krekels tjirpten. In de verte bromde onafgebroken het verkeer op een of andere autostrade.

De eindeloze soundtrack van dit veel te kleine land.

Haar woede en droefenis ten spijt schaamde Vera zich een beetje voor de stappen die ze ging ondernemen. Per slot had Walter haar de volle waarheid bekend, uit zichzelf. Hij had geen ander kwaad in de mars dan dat hij verliefd was geworden op een geil, jong uilskuiken. Berekenend had hij zich verder niet betoond. Hij had Vera in plaats van met een telefoontje ineens kunnen verrassen met een envelop vol echtscheidingspapieren. Hij had zelf de kluis leeg kunnen halen, of de sloten van het huis kunnen laten vervangen terwijl ze naar haar werk was. Dat had hij allemaal niet gedaan. Jazeker, hij had dat kalf op haar af gestuurd om in zijn naam te soebatten, en dat was weinig tactvol geweest, om niet te zeggen oerstom en kwetsend — maar tekende dit niet zijn oprechte ontreddering? En beantwoordde Vera die nu niet op de verkeerde manier?

Ze was er steeds minder trots op, op haar boosheid, en haar vastbeslotenheid om een voorsprong te halen in de naderende juridische loopgravenoorlog. Waar bleef haar beroemde empathie, waarvoor het creatieve team haar telkens uitnodigde, bij ieder van zijn presentaties? ('Alleen Vera voelt aan welke campagne zal werken en welke niet. Alleen Vera kan zich verplaatsen in de leefwereld van iedere denkbare consument.') Waarom was dat nu zo moeilijk bij de man met wie ze zo lang had samengeleefd?

Ze was ook zelf lang niet perfect. Dat besefte ze maar al te goed. Gelijkmoedig kon je haar niet noemen. Ze kon mokken en manipuleren als de beste. Ze kon uit het niets ontzettend kwaad worden. Die kwaadheid ebde snel weer weg, maar de wonden waren geslagen. En dan begon ze zich zo uitvoerig en nadrukkelijk en langdurig te verontschuldigen, dat het onoprecht begon te klinken, en er weer nieuwe wonden in het verschiet lagen.

Neem nu hoe ze zojuist tekeer was gegaan tegen die arme Peter.

Eerst laat ze toe dat hij haar in de armen sluit. Iets wat hij in geen jaren meer heeft gedaan. Goed, zij was in tranen, hij stoned. Maar hij deed het toch maar. Zonder aarzeling. Nog lief ook. 'Wat scheelt er, mama?' Ze kon zich niet herinneren wanneer hij haar voor het laatst 'mama' had genoemd. Het ontroerde haar. En hij zag er zo knap uit, haar jongen. Zonder die baard en dat lange piekhaar, en in dat strakke pak in plaats van in zijn gebruikelijke vodden.

Hoe beloont ze hem? Nadat ze hem, snikkend, heeft meegedeeld dat zijn vader vreemdgaat? En dat zij een scheiding wil? Ze duwt hem van zich af omdat hij haar meewarig durft te vragen: 'Zou je dat wel doen, mama? Zou je niet eerst afwachten hoe ernstig het is?' Alsof zij hier het kind is, en hij de ouder.

Ze probeert hem te choqueren, hem in haar tragedie te betrekken, door hem de tweede waarheid van de dag in te peperen. Zonder omweg, koud op zijn bord: dat zijn vader het aanlegt met zijn vroegere liefje. Peter blijft haar welwillend aankijken. 'Welk? Ik heb er zoveel gehad, mama.' Ze slingert hem de naam in het gezicht. Met de ongevraagde details erbij dat zijn vader haar leerde kennen op zijn verjaardagsfeestje en dat ze de dag daarna al met elkaar de koffer in zijn gekropen.

Tegen die tijd stond Peter al gierend van de lach op zijn dijen te kletsen. 'Met die Carla? Dan zal het zeker niet lang duren. Dat is een eersteklas teef. Arme papa!' Vooral dat laatste kwetste haar. Dat haar zoon nog enige sympathie, hoe ironisch ook, durfde op te brengen voor zijn vader. En dat hij er zelf niet in het minst door geschokt leek dat zijn vader en hij het bed hadden gedeeld met een en dezelfde del. Zag Peter nu echt niet in dat het des te meer een belediging was, en des te meer een drama, dat zijn vader zijn moeder verliet voor een wicht dat hij zelf een 'teef' noemde?

Ze begon dus weer een grote scène te maken, tegen haar zoon dit keer, die erop neerkwam dat hij niet onmiddellijk weer naar zijn vrienden mocht vertrekken. 'Dat muziekbandje kan wachten! Je moeder gaat voor.' Hij moest thuisblijven tot ze terugkwam van de bank en de advocaat. Hij mocht niemand binnenlaten en hij moest de politie waarschuwen als er iemand probeerde binnen te dringen, advocaat of deurwaarder of vader zelf. Ja, de politie!

Ze bespeelde haar hele register, van stampvoeten tot snotteren, van emotionele chantage tot lief vragen. Lang geleden dat ze nog zo lang met haar zoon had gepraat. Jammer dat het weer zo heftig moest. 'Als het dan echt zo belangrijk is voor jou,' zuchtte Peter, inmiddels ook misnoegd.

'Maar de politie waarschuwen doe ik niet. Ik doe voor niemand open en ik laat de bel rinkelen. De rest zoeken jullie samen maar uit.' Waarna hij, zonder kus of wat dan ook, de kamer uit beende en de deur met een klap achter zich dichttrok.

Opnieuw de oude.

Nog steeds gekoesterd door de zon, nog steeds leunend tegen haar Golf, opent Vera haar ogen en kijkt naar de fermette, een paar honderd meter terug. Peter heeft gelijk. Eigenlijk maakt het geen donder uit of hij er is of niet. Maar het stelt Vera vreemd gerust te weten dat haar huis niet verlaten is op dit moment. En dat juist Peter er is. Op de een of andere manier klopt dat. Haar huis en haar zoon.

Dat hij ten minste dit toch doet voor haar.

Dat er ten minste nog iemand is die iets doet voor haar.

Vanuit de verte kijkend naar het bakstenen monster dat haar zo veel kopzorg en ontberingen heeft opgeleverd en dat haar zoveel heeft gekost — tijd, liefde, mogelijk zelfs een heel ander leven — moet ze bekennen dat ze er zowaar aan gehecht is. Een simpel inzicht, dat haar verbaast. Ze wil dit huis niet kwijt, dat klopt. Maar niet om haar overspelige Walter een hak te zetten. Ze zou het gewoonweg missen. Wie weet, bedenkt ze, monkelend om het opduikende besef, moet ze er toch maar blijven wonen? Waarom niet! Akkoord, het blijft een wanstaltig bakstenen curiosum, de files naar Brussel worden er de komende jaren vast niet korter op, en het platteland blijft het platteland. Maar als ze eerlijk is? Ze zou het allemaal missen. Misschien is de macht der gewoonte toch troostender dan een gloednieuwe, altijd onzekere start. Ook Brussel kan op de zenuwen werken en tot wanhoop drijven, verzekeren veel collega's haar, elke dag opnieuw.

Hier weet ze tenminste wat ze heeft, ze kent alles van

naaldje tot draadje, en ze bezit hier herinneringen bij de vleet. Zelfs de streek is, alles bij elkaar, niet zo kwaad. De mensen ook niet, als je jezelf tenminste de kans geeft ze wat beter te leren kennen. Hoeveel pogingen heeft ze ooit echt ondernomen om hier iemand te leren kennen? Niemand is vrij van vooroordelen, zijzelf duidelijk ook niet. Heeft ze zich ook in Kooigem niet altijd gedragen als een parvenuvluchteling? Een banneling die mentaal altijd met gepakte koffers klaarstond om opnieuw te vluchten? Terug naar de plek van herkomst, of eindelijk op weg naar metropolen die vooral van een afstand razend aantrekkelijk zijn?

Vera weet het opeens zeker. Na alles wat het huis haar heeft afgepakt? Ze wil het nooit meer delen. Niet met Walter, maar ook niet met vreemde huurders. Ze blijft. Op dat moment hoort ze een van de boeren een door merg en been snijdende kreet slaken.

De krekels zijn al een tijdje met tjirpen opgehouden, beseft ze. De schrik slaat haar om het hart. In de verte weerklinken snel aanzwellende brandweersirenes. En steeds luider, steeds dichterbij, stijgt een gebulder op dat ze alleen kent van luchthavens, ook nog eens vermengd met het nijdige klapwieken van, onmiskenbaar, meerdere helikopters. De spreeuwen vlerken op en vluchten boven haar hoofd.

Ze kijkt naar de boeren. Die staan boven op de laadkar, boven op de rollen hooi. De ene heeft zijn hand voor de mond, de andere wijst en schreeuwt opnieuw. Vera volgt zijn wijzende vinger en voelt het bloed uit haar gezicht wegtrekken. Laag in de lucht komt inderdaad een drietal helikopters klapwiekend aangesneld. Hoog in de lucht, maar lager dan je ze verwacht, komen ook twee straaljagers aangescheurd.

Daartussen, als uit de brandende zon zelf vandaan, komt een donker gevaarte aanglijden. Zonder enig kabaal, bijna sierlijk, monumentaal, niet te stoppen.

Recht op haar af.

Vera voelt haar benen verslappen, ze zijgt neer, zich aan haar auto nog half overeind houdend. Het gevaarte zweeft in een flits over haar heen, haar kortstondig in de schaduw plaatsend. Ze beseft, omhoogkijkend, dat het om nog een vliegtuig moet gaan. Een luchtverplaatsing rukt aan haar kleren.

Ze hoeft niet te kijken waar het vliegtuig heen gaat. Ze weet het al. Ze bezit in haar bestaan maar twee dingen waaraan ze werkelijk waarde hecht. En ze staat op het punt ze allebei te verliezen.

Ground zero,
op de zolder,
en in euforie

Peter steekt een nieuw jointje op en morrelt met zijn linkerhand aan de knoppen van zijn versterker. Met zijn rechter plukt hij lukraak aan de snaren van zijn gitaar, zijn grote trots. Hij stelt de klank bij, steeds vetter, steeds vuiler. Hij is doodmoe en dolgelukkig en nog steeds duizelig van zijn beste festival ooit.

En dan heeft hij het niet alleen over de line-up.

Hij heeft het over zijn twee maten, die hem uit het oog verloren hebben of hem doelbewust hebben gedumpt, dat moet de toekomst uitwijzen. Hij blijft ze hoe dan ook dankbaar voor de rest van zijn bestaan. In je eentje ronddolend ben je meer aangewezen op onbekenden, om tips te delen, je bewondering voor de ene act en je afschuw van de andere. Daarna deel je de helft van je hotdog, kort daarop je biertje, en daarna nog een. Zo heeft hij Heleen ontmoet. Een Nederlandse die geneeskunde studeert in Leuven. Ze speelt ook saxofoon. 'Een extra gitarist kan ons bandje goed gebruiken,' zei ze, bij het vierde biertje dat ze deelden. Het tiende deelden ze in haar tent.

Ze was toen al naakt, en ze bracht hem de betekenis bij van het woord embouchure. ('Ik dacht dat alle Belgen zo goed waren in Frans?') Hij zou voortaan elke dag een kaars moeten branden voor zijn twee maten. Hij zou elke dag een kip moeten slachten op het altaar van de God van het Toeval. Heleen, Heleen, Heleen! Ze kleedde hem uit, terwijl ze zei: 'Embouchure is de vaardigheid om een blaasinstrument te bespelen. Je krijgt er sterke, lenige lippen van. Voel maar.' Behalve zijn eigen gehijg en haar gelispel tussen zijn benen hoorde hij, in de verte, en boven het geroezemoes uit van de camping om hen heen, Nick Cave and the Bad Seeds tekeergaan. De band waarvan hij tegen zijn maten had gezegd: 'Daar sta ik op de eerste rij. Wie mij dat verhindert, geef ik een kopstoot.'

Hij plukt weer aan zijn snaren, hij draait de hoge tonen weg, draait ze toch weer wat terug. Het gedoe met zijn moeder heeft zijn roes niet aangetast. Hem valt niets te verwijten. Hij heeft zijn best gedaan om haar te troosten, maar ze kreeg weer een van haar toevallen. Ze zoekt het zelf maar uit.

En met zijn vader heeft hij sowieso al een paar jaar niets meer te maken. Zeker nu niet meer. In het nest kruipen, op zijn leeftijd, met die Carla? Veel pathetischer kun je niet worden. Misschien is het maar beter dat hij en zijn moeder scheiden. Voor allebei. Jammer van deze zolder. Prima repetitieplek. Voor het overige zal hij geen traan om Kooigem laten. Als mama naar Brussel wil verhuizen gaat hij met plezier mee. Niet dat ze hem nog veel te zien zal krijgen. De wereld wacht op hem. Er breken nieuwe tijden aan.

De klank staat eindelijk goed. Hij bekijkt zichzelf in de spiegel. Met zijn zonnebril op, binnenshuis. Elvis Costello, maar dan jonger. En, geef toe, veel knapper. Nu nog leren spelen en zingen als hij. Everyday I write the book. Dat hebben hij en Heleen mee staan zingen op de eerste rij, vlak voor ze een tweede keer naar haar tentje trokken.

Hij ziet het zichzelf al zingen, naast haar, op een podium. Zij, op die saxofoon, vooroverbuigend, haar decolleté tonend, hem geil aankijkend. En hoe hij dan terug zal kijken! I'm a man with a mission, in two or three editions. And I'm giving you a longing look. Hij slaat hard het beginakkoord aan en geniet van de hemels vette galm, luider dan ooit.

Hij zal hem missen.

Deze zolder.

Inhoud..

Colofon................ISBN 978-90-596-5149-4 / NUR 300

Heldere hemel van
Tom Lanoye werd in opdracht van de
Stichting Collectieve Propaganda
van het Nederlandse Boek
en Uitgeverij Prometheus
vormgegeven door Dooreman.
Koninklijke Wöhrmann, Zutphen
verzorgde het druk- en bindwerk.
De boekredactie was in handen van
Nienke Beeking en Anni van Landeghem.

Met dank aan Geertje B., Hilde de W.,
Marcella V. L. en Stefaan B.

© 2012 Tom Lanoye
Omslagbeeld: bewerkte still uit
het VRT-journaal van 4 juli 1989 © VRT
Foto auteur: Tessa Posthuma de Boer
www.boekenweek.nl
www.uitgeverijprometheus.nl
www.lanoye.be

Noot van de auteur

Heldere hemel is gebaseerd op een ware gebeurtenis
— het neerstorten van een onbemande MiG op
een huis in Kooigem bij Kortrijk, op 4 juli 1989.
Verder berusten alle personages en situaties op
mijn fantasie. Ik eer bij dezen wel de nagedachtenis
van de negentienjarige Wim Delaere, die bij het
werkelijk gebeurde ongeval om het leven kwam,
en ik condoleer zijn nabestaanden. Sommige
pijnen slijten niet, al gaan er jaren overheen.

Dit boek is gedrukt op
100% chloorvrij geproduceerd papier.